BRASIL DISTRÓPICO

Renato Negrão

BRASIL DISTRÓPICO

PROAC EDITAIS
PROGRAMA DE AÇÃO CULTURAL SÃO PAULO

HUMANALetra

SÃO PAULO
GOVERNO DO ESTADO
Secretaria de Cultura e Economia Criativa

Edição: José Carlos Honório
Revisão de texto: Eliana Rocha
Paginação: A2
Capa: Bernardo Borges / A2
Imagem da capa: Renato Negrão

Nesta edição respeitou-se o novo Acordo
Ortográfico da Língua Portuguesa.

Dados Internacionais de Catalogação na Publicação (CIP)
(Câmara Brasileira do Livro, SP, Brasil)

Negrão, Renato
Brasil dis trópico / Renato Negrão. -- São Paulo : Editora Humana Letra, 2021.

ISBN 978-85-53065-07-3

1. Contos brasileiros I. Título.

21-87309 CDD-B869.3

Índices para catálogo sistemático:
1. Contos : Literatura brasileira B869.3
Aline Graziele Benitez - Bibliotecária - CRB-1/3129

2021

Rua Ingaí,156, sala 2011 – Vila Prudente
São Paulo – SP Cep: 03132-080
TEl: (11) 2924-0825

Para Ayman

SUMÁRIO

PREFÁCIO

O que significam para você, leitor, certas palavras de ampla interpretação e ricas em significados como: família, viagem e memória?

Através deste fio condutor – família, viagem e memória –, Renato Negrão constrói sua narrativa repleta de sentimentos ao nos levar em suas viagens pelo interior de um Brasil distópico, provável e contemporâneo. Ao mesmo tempo, nos conduz através da condição humana: morte, vida, nascimento, sofrimento, fantasia, esperança, desilusão, traumas... Ora sua jornada ocorre no presente, ora nos leva ao futuro, mais precisamente ao ano de 2050. Neste livro de quatro contos interligados pelos traumas do passado, deslocamentos forçados e tragédias familiares, os protagonistas de Renato possuem uma presença ativa e questionadora frente ao mundo no qual vivemos, inconformados diante do *Zeitgeist* do Brasil atual, à falta de esperança e ao cansaço de um povo diante dos desafios de sua época: a pandemia, as mudanças climáticas, os líderes populistas, a intolerância, o ódio e uma existência medíocre.

Mas não se deixe enganar pela aparente melancolia dos protagonistas: dentro dos contos, após uma segunda mirada, é possível perceber uma esperança empírica no próximo momento, ou até mesmo no passado romântico da memória, ou em um escapismo naturalista e espiritual presente no ato de abraçar uma árvore ou recitar um mantra. Ao embarcar nessa viagem, o leitor terá como companheiros grandes autores literários como Milan Kundera e Albert Camus, que são quase coadjuvantes no suporte dos personagens principais das estórias do Renato.

O tom do livro já é apresentado ao leitor pela capa: um pássaro amarelo que canta dentro do ônibus em ruína. A metáfora vai além do aparente amarelo esperança: é o Brasil que canta preso, mas ao mesmo tempo livre, dentro da ruína, o ônibus quebrado que já foi viagem, mas que está na essência do pássaro pousado.

Boa viagem!

GIANCARLO CECCON

Conto 1 – Viagem por um Brasil improvável

Julho de 2020

> "Por isso talvez, lembrando o tempo de minha chegada a Manchester, eu muitas vezes senti que o aparelho de chá que a sra. Irlam trouxera ao meu quarto, esse aparelho tão útil quanto esquisito, com sua luzinha noturna, seu leve borbulhar de manhã e o simples fato de estar ali, me ajudara a ficar vivo naquele tempo em que, dominado por uma incompreensível sensação de isolamento, eu facilmente poderia ter me afastado da vida."
>
> W. G. Sebald

– Encoste mais à frente!

Aflito com a dureza nas palavras do policial, o motorista não entende direito onde seria esse "mais à frente".

– Aqui está bom?

– Claro que não. Aqui você atrapalha a passagem dos carros.

Virando à direita, bem próximo do posto policial, o motorista supõe ser o lugar que agradaria à autoridade.

– Documentos, seu e do veículo.

Ele entrega a CNH e os documentos do carro com o recibo do IPVA.

– Tire do plástico! Eu pedi CNH e documento do carro. Não quero recibos!

Sem nenhuma explicação, o policial rodoviário se afasta, levando os documentos para dentro do posto rodoviário para averiguação.

Faz um forte calor. A divisa entre os estados de Rondônia e Mato Grosso, conhecida como Portal da Amazônia, está especialmente quente naquela manhã de domingo. Outro policial, esse bem mais simpático, aparece e diz ao nosso personagem que, se quiser, pode sair do carro. Ainda assustado, ele responde:

– É bom para esticar as pernas!

O policial simpático se afasta, e um tempo inerte, moroso como o calor que paira no ar, parece se instalar naquela situação. Ao lado direito, em uma mesa improvisada, alguns acessórios relacionados a equipamentos de saúde estão sendo manipulados por pessoas que usam máscaras, luvas e vestem uma espécie de avental improvisado; também há alguns termômetros para medir a temperatura dos viajantes que desejam atravessar a divisa entre os estados. Uma cena que já faz parte do imaginário coletivo, mas que, se pensada quatro ou cinco meses antes, seria totalmente inconsistente.

Outro carro é parado, uma família inteira sai do veículo e instrumentos são usados para medir a temperatura, enquanto panfletos sobre o vírus são distribuídos para todos os passageiros, que também são convidados a preencher um formulário.

O estado de Rondônia está em alerta. Meses antes o vizinho, Amazonas, enfrentara um verdadeiro desastre. A pandemia chegara por lá com uma força avassaladora: covas abertas por escavadeiras que em poucos dias eram fechadas, chegando-se ao ponto de enterros coletivos, com vários caixões na mesma cova sendo cobertos por máquinas e sem a presença de familiares e amigos nos funerais tradicionais.

Na cabeça de Paulo, nosso viajante solitário, uma série de dúvidas: *Por que a demora? O que pode acontecer? Será que estou sendo vítima da força policial, que pode tramar e, por algum motivo que nunca saberemos, armar para cima de mim? Será que minha viagem será interrompida e dentro de alguns minutos estarei dentro de uma viatura, algemado?*

Enquanto ele divaga em suas neuroses, potencializadas pelas histórias ouvidas tantas vezes na mídia e nos filmes, o policial reaparece com o mesmo mau humor e pergunta:

– Quem é Alberto Teixeira?

Com cara de incrédulo, assustado e manifestando uma reação de quem está realmente encrencado, Paulo devolve a pergunta.

– Quem?

– Alberto João Teixeira. – E continua com mais informações, o que alivia muito a dúvida de Paulo.

– Você já esteve no Acre?

Um momento de claridade surge nessa situação bizarra. Alberto João Teixeira na verdade era João Teixeira, um importante fotógrafo brasileiro que participara com Paulo e outros dois fotógrafos de um projeto de fotografia nas capitais de Rondônia e Acre em janeiro de 2020. Na saída de Rio Branco, Paulo fora parado em um posto da Polícia Rodoviária Federal, e os documentos de todos os quatro integrantes do carro foram fotografados e, provavelmente, colocados em uma ficha que os unia.

– Sim, é um amigo. Visitamos o Acre em janeiro deste ano.

– Foram fazer o que no Acre?

Muitas vezes Paulo havia visitado países distantes do Brasil, com fronteiras que, devido aos históricos de conflitos ou a outra razão qualquer, são geralmente tensas e deixam qualquer pessoa preocupada com a possibilidade de conseguir ou não continuar viagem. Foi assim em Israel, na Turquia, na Jordânia, no Líbano e em todas as vezes que entrou nos Estados Unidos e no Canadá. Mas, espera aí, ele pensou antes de responder: *Estamos no Brasil, estou de carro, atravessando de um estado para outro. Quando deixamos de ser uma nação unida? Pelo menos no mapa geográfico?*

É claro que ele não pode dizer isso ao policial e então se limita a explicar a história com o máximo de detalhes que a memória e a pressão da pergunta inusitada permitem.

Depois do interrogatório vem a inspeção. Antes de sair de casa, no sul de Rondônia, seu companheiro, um árabe palestino, que vive no Brasil há três anos e tem uma espécie de síndrome de organização, preparou um verdadeiro arsenal de medidas para serem tomadas nessa viagem, bem no meio da pandemia, que cruzaria seis estados e três regiões do Brasil.

O leitor deve estar se perguntando: *Mas por que, em meio a um estado de emergência, em que mais de mil pessoas morrem por dia no Brasil devido a um vírus que se propagou mundo afora, alguém está na estrada?*

Existe uma explicação bastante plausível, pois nosso personagem não deseja ser visto como alguém que desrespeita a ordem mais importante: "fique em casa, se puder". Nesse caso, ele não pôde, e logo você saberá o porquê.

Voltando à questão da organização das coisas: no carro, no banco da frente, material de limpeza, água e comida. Remédios, uma pequena mala com roupas e equipamento fotográfico no banco de trás e nada no porta-malas, pois o ar condicionado, elemento vital nessa região do Brasil, não chega até lá, o que pode comprometer os remédios, que devem ficar à temperatura ambiente.

A primeira coisa que o policial faz é tirar a sacola com os primeiros socorros: álcool em gel, purificador com uma mistura de água sanitária e água, papéis, máscaras – uma para cada situação de periculosidade.

De todas as atitudes da arrogante superioridade do policial, essa é a que mais irrita Paulo. Numa súbita reação impensada, quando o policial começa a mexer naquilo que está sacramente organizado para o bom funcionamento da viagem, ele diz:

– Esta sacola deve ficar no banco da frente!

Precisamos abrir um parênteses para explicar a gravidade dessa intervenção vinda de uma autoridade. Ter no banco da frente do carro a sacola de tecido – do tipo que jovens estudantes de sociologia das universidades federais carregam nos ombros – é o cerne de toda a logística da viagem, que, por total obrigação, nosso personagem estava apenas começando no momento da intervenção policial.

O Brasil está no auge da pandemia, as notícias acabam com o humor do mais otimista, e a chance de que algo mude em um futuro próximo é praticamente impossível de ser visualizada. Pelo cenário, essa viagem não deveria acontecer, mas, diante do inevitável, foi necessário partir. Para que ela ocorresse da forma mais segura possível, era preciso ter ao alcance das mãos todos os elementos de segurança necessários a um viajante nessas condições. E, quando o policial tira a sacola bicho-grilo do alcance do motorista, o alerta de que as coisas tinham saído do controle soa alto e Paulo reage.

O policial, irritado, diz que vai fazer uma inspeção detalhada no carro e que depois ele, o protagonista incrédulo e descontrolado, pode colocar as coisas no lugar.

Há um desmonte no carro. Repartições, que jamais acreditou existir, são abertas e minuciosamente verificadas com uma lanterna pequena, porém de enorme potência.

É importante relatar aqui que há outra sacola, estrategicamente instalada próximo à saída do ar-condicionado, com produtos alimentícios, como saladas prontas em embalagens compradas no supermercado um dia antes, frutas, iogurtes, sucos de frutas, sanduíches e uma salada de frutas especialmente preparada pelo parceiro de vida de Paulo.

Tirar esses itens de sobrevivência do lugar é uma grande afronta. Uma das medidas assumidas pelos dois, para que a viagem acontecesse, foi a de jamais parar para se alimentar em lugares públicos. Portanto, todas as refeições devem ser feitas depois de um ritual de higienização metodicamente preparado, e todos os elementos para que essa operação aconteça estão ali, nas sacolas que o policial, sem cuidado algum, coloca no chão, no banco de trás e no capô do carro.

Paulo, com uma grande incapacidade de organização, um dos motivos que o une a seu companheiro, que o ajuda a criar ordem em sua vida e mostrar as instruções de como agir de acordo com cada situação, fica desesperado.

As refeições, por exemplo, devem ser feitas todas nos acostamentos ou campos abertos, na beira da estrada, bem longe de qualquer cidade e, principalmente, longe de qualquer ser humano. Antes, parar em postos de gasolina, onde há mais pessoas por perto, geralmente era mais seguro, mas agora a situação se inverte e postos estão na lista de lugares proibidos. Parar neles só para abastecer o carro.

Outra exigência é não utilizar banheiro público, beber bastante água dentro do carro, com a garrafa sempre acessível, e parar em lugares com árvores para eliminar a água consumida.

Nesse momento o policial bonzinho retorna e puxa papo:

– Está indo pra onde?

– Pra onde quando? Hoje pretendo chegar a Cuiabá.

Entendendo sua situação, ele complementa:

– Estamos no fim do mundo, não? Eu também não sou daqui e sei como é difícil chegar a qualquer lugar no Brasil.

– Pois é! – Um pouco mais calmo, mas sem tirar os olhos do outro policial, que desmonta seu carro, ele diz: – Meu primeiro destino é Brasília, onde devo ficar alguns dias, depois sigo para São Paulo para resolver um problema que está me tirando o sono e, assim que possível, volto para o norte.

Num gesto de simpatia e total cumplicidade, o policial dá um tapinha de leve no ombro de Paulo e deseja-lhe boa sorte na jornada.

Quase na sequência, o policial do desmanche sai do carro e, sem falar nenhuma palavra, vai para dentro do posto policial. Paulo fica olhando para o carro, as quatro portas abertas, todo aparato que garante uma minuciosa e estudada operação de enfrentamento da pandemia para viajar por um país que, naquele momento, desponta no cenário global como o segundo com índice mais alto de infecções causadas pelo vírus, apenas perdendo – se é que podemos chamar isso de derrota – para os Estados Unidos da América.

Demora alguns minutos, mas, para nosso personagem, o tempo parece tão eterno como o momento em que o personagem de Bill Murray, no filme *Encontros e desencontros*, de Sofia Coppola, olha na multidão da cidade de Tóquio e vê sua musa desaparecer, provavelmente para sempre de sua vida, no final do filme.

O policial volta e simplesmente diz:

– Pode ir!

Assim começa uma viagem de carro que, no seu final, contradiz todas as boas sensações de liberdade proporcionadas pelas viagens e reproduzidas pela literatura, pelo cinema e pelas artes em geral.

***

A pandemia da Covid-19 é provocada pelo coronavírus, que é um vírus do tipo Corona, assim como o SARS, mas recebeu este nome (Covid-19) porque foi detectado em humanos no ano de 2019. O anúncio veio de Wuhan, na China, em dezembro de 2019. No começo, todas as notícias falavam sobre o coronavírus. Só mais tarde, quando os casos começaram a fazer parte dos boletins diários da mídia, é que foi determinado que a doença receberia esse nome. Isso gerou uma confusão, pois muitas pessoas, já acostumadas à primeira denominação, continuaram a chamá-la de corona, enquanto outros assumiram o termo covid. É como se a doença que tomou proporções de pandemia precisasse de dois nomes para designá-la.

No Brasil o primeiro caso foi anunciado no dia 26 de fevereiro de 2020, depois do Carnaval, que aconteceu entre os dias 22 e 25 de fevereiro. Até então os noticiários mostravam os casos na China e a impressionante construção de um hospital de campanha. Uma câmera foi fixada no local e acompanhou toda a construção. O vídeo em *time-lapse* viralizou mundo afora. Até então, no Brasil, a vida seguia normalmente, apesar do anúncio de que era questão de tempo para que o vírus chegasse ao país. O caso de maior impacto para o Brasil, nesse período, antes de a doença chegar, foi a remoção de brasileiros, na maioria estudantes, que moravam em Wuhan e, assustados, queriam voltar ao país.

A situação começou a mudar quando o vírus chegou com força total à Itália e o número de infecções e mortes era acompanhado diariamente. Mas até março nenhuma medida séria foi tomada e os brasileiros seguiam a vida, inclusive a festa mais popular do país foi celebrada como em qualquer outro ano: muita celebração e pessoas bem coladas umas às outras, principalmente nos blocos de rua.

A primeira morte no Brasil foi registrada em 12 de março de 2020, seguida de uma série de medidas para impedir o vírus de se alastrar pelo país. Nessa época, Paulo estava em São Paulo, sua base, para realizar dois grandes projetos, os dois principais do ano: participar de um festival de fotografia em Minas, para o qual orgulhosamente tinha sido convidado a mediar a palestra de um fotógrafo que admirava muito; na sequência, no dia 26 de março viajaria para a Jordânia, para o Festival Internacional de Fotografia.

***

O primeiro evento a ser cancelado foi o da Jordânia, e, três dias depois, o festival em Minas também foi impedido de acontecer – sinal de que o vírus se alastraria bem rapidamente pelo Brasil. Paulo então começou uma interminável tarefa de mudar as passagens, principalmente a de retorno para Rondônia. Enquanto esperava para saber qual dia voltaria para casa, ele, que estava hospedado na casa de uma amiga, continuava andando pela cidade de São Paulo para comprar coisas que não existem na pequena cidade onde estava morando. Enquanto isso, o país acompanhava a discussão sobre o uso de máscaras faciais para proteger contra a entrada do vírus pelo nariz e pela boca. Como no Brasil todo mundo se torna um especialista assim que surge uma história nova e de grande impacto na sociedade, muitos passaram a defender que o uso de máscaras era desnecessário, com muito blá-blá-blá sobre o tema.

Antes mesmo de sair de Rondônia, Paulo já havia comprado duas caixas com cinquenta máscaras cada uma, embora os moradores dissessem que "essas coisas nunca chegam por aqui. É muito quente, os germes morrem todos".

Depois de muitas tentativas de falar com a companhia aérea, conseguiu mudar sua passagem de volta para o dia 20 de março, não sem antes pagar uma grande quantia de multa, e pegou o último voo antes de fecharem o pequeno aeroporto da cidade.

Quando o Uber que o levaria ao aeroporto chegou, ele ficou aliviado. São Paulo já estava em vias de entrar em *lockdown*. O motorista, um senhor por volta dos setenta anos, dirigia sem máscara. Paulo perguntou se ele não tinha medo. Ele disse que sim, mas que ainda não conseguira comprar as máscaras. Paulo abriu a mochila e deu metade de uma caixa de máscaras para ele, que, relutante, não queria aceitar. Com a insistência do passageiro, o motorista aceitou as máscaras e Paulo pôde ver pelo retrovisor que sua expressão mudara, estava mais feliz.

Na chegada a Rondônia, um verdadeiro arsenal os aguardava. Grupos de funcionários da Secretaria de Saúde do município reuniram todos os passageiros ainda na pista do aeroporto e distribuíram papéis com informações de como deveriam agir. A principal medida era uma quarentena de catorze dias. Todos estavam proibidos de sair de casa durante esse tempo. Para Paulo, a notícia foi recebida com tranquilidade, pois não tinha muitas coisas a fazer fora do apartamento em que morava. Assim, todos os dias, no final da tarde, se instalava na sacada do prédio, no terceiro andar, para observar as mudanças no comportamento dos moradores. As máscaras faciais foram, finalmente, integradas, e Paulo acompanhava tudo a distância. Era como ver um filme. Aquelas pessoas simples, na grande maioria agricultores, de repente passaram a usar máscaras de proteção. Aos sábados havia uma feira na frente de seu prédio, e o desfile dos habitantes usando máscaras de proteção o fez pensar muito sobre a condição humana: como um micro-organismo invisível tinha se tornado um monstro terrível que poderia acabar com a vida e a saúde de muita gente. Era só o começo de uma história épica de um vírus que causaria mortes, divisões de opiniões, demissões de ministros da saúde e uma série de absurdos vindos de autoridades que têm a obrigação de proteger o país. Mas estamos falando do Brasil, terra de Macunaíma e de outros personagens "sem nenhum caráter", e a pandemia do coronavírus ou da Covid-19 se alastrou rapidamente pelo país...

Arrumar tudo rapidamente e sair o mais depressa possível daquele posto policial é urgente. Logo à frente existem algumas placas que indicam a entrada em terras pertencentes à Floresta Amazônica. Um ano antes, em outubro de 2019, Paulo e seu companheiro passaram por ali, com o mesmo carro, vindos de mudança de São Paulo para o sul de Rondônia. O repentino desemprego de Paulo, um professor universitário que faria cinquenta anos em alguns meses, obrigou Jamal a buscar outro emprego, já que as aulas de inglês que dava em São Paulo não pagariam nem a metade do aluguel. Apareceram três oportunidades de emprego: uma na China, graças à influência de uma amiga chinesa com negócios em São Paulo, outra na África do Sul e a única no Brasil, em Rondônia – gerenciar uma escola de inglês com bom salário e aluguel de apartamento incluso. Sem os papéis de Jamal para a naturalização no Brasil (e para deixar de ser um "cidadão sem país", uma vez que a Palestina não é reconhecida como tal), eles não poderiam deixar o país até que o passaporte brasileiro chegasse. A escolha foi partir de São Paulo com o carro carregado com o que era possível, rumo a uma região totalmente fora dos planos daquele casal urbano cujas atividades eram totalmente conectadas com a vida na grande cidade. Foram para um pequeno município em Rondônia, estado que quase ninguém no Brasil sabe onde fica e é constantemente confundido com Roraima.

Embora a paisagem continue bastante parecida, algumas árvores cercadas por campos de soja e pequenas cidades cortadas pela rodovia, Paulo avista pela janela do carro a mudança no comportamento das pessoas. O uso de máscara, por exemplo, quase cem por cento adotado no outro estado, já na primeira cidade após o cruzamento das divisas, é visivelmente diferente.

Notícias demonstram que Mato Grosso acaba de entrar para as estatísticas de crescente aumento de mortes devido ao vírus, que se espalha rapidamente para o interior.

Passa das três horas da tarde e a fome torna a tarefa difícil, mas, com medo de parar e comer a salada e tomar o suco, ela é postergada ao máximo. Lembrando que o ritual deve ser: encontrar um lugar calmo, longe de qualquer ser humano, que o carro possa ficar em segurança, estacionado longe da rodovia, com seus caminhões que parecem mais trens de cargas, e que, de preferência, haja uma sombra. No decorrer da viagem, é difícil encontrar todos esses fatores juntos e, achando-se um deles, já se torna possível fazer a parada.

Na primeira delas, talvez a mais divertida, pois há o frescor da novidade, Paulo para num descampado, com uma grande árvore oferecendo boa sombra. Desce, vai até a outra porta do carro, arruma o que o policial tirou da ordem e, numa demonstração de histeria que vinha se apresentando desde que saiu de casa, passa álcool em gel nas mãos, nos braços, na boca (fechada) e na barba. A sensação agradável do líquido gelado e o cheiro de produto químico associado à vontade de entrar em uma espécie de transe alucinógeno que o tire daquela realidade distorcida trazem uma grande sensação de bem-estar.

A salada comprada pronta no supermercado perto de casa, que ele já havia experimentado diversas vezes, com abobrinha ralada, cenoura em pequenas tiras, tomate cortado ao meio, pepino e cubos de frango grelhados, ganha um novo sabor quando ele abre um dos sanduíches, que, segundo a escala preparada pelo companheiro, deve ser consumido apenas no segundo dia de viagem. Ele arruma o lanche, enrolando-o como se tivesse sido preparado por um chefe de cozinha. A refeição torna-se mais agradável e deixa Paulo feliz por estar ali, sentado no banco do passageiro de seu carro, olhando para uma paisagem que ainda agrada a seus olhos e pensando nas voltas que a vida pode dar.

Faz praticamente quatro meses que eles estão em regime de isolamento social. Nada muito difícil, pois nunca houve vontade de uma integração com qualquer pessoa daquela cidade, onde a maioria dos moradores são evangélicos ou agricultores e falar em cultura é quase um convite à inimizade.

O estado de espírito do viajante o convida a escrever. Ele pega um lençol na mala, estende na grama e abre seu laptop:

Estradas, estradas, o que elas significam para mim? Talvez a resposta mais fácil seria fuga, mas não, insisto em acreditar que esses movimentos todos são um jeito de ver muito, de sentir o mundo em todas as suas diferenças. Ando tanto, e andar sempre me fez tão bem, que às vezes tenho a sensação de que morrer será virar uma partícula livre do peso de qualquer corpo e também o grande peso de se ter uma alma. Isso mesmo, partícula é a ideia mais agradável sobre o pós-morte, sem as punições, os julgamentos e o veredito:

"Hum, você vai por aqui, ah, você vai por ali. Você aí de cabeça baixa e morrendo de medo, fica aqui mais um pouco, preciso de mais detalhes sobre seu caso!".

Aff, cresci ouvindo isso. Depois de enfrentarmos tudo isso, toda essa odisseia que é a vida, a luta que cada um de nós trava em um mundo perigoso, injusto e sem fundamento, já pensou sermos obrigados a ir para o "grande juízo final"?

Quem será o juiz? Deus, é claro. Afinal estamos falando do dono desta porra toda. Mas quem vai me defender? Será que terei direi-

to a uma defesa? Hum, claro que não, afinal Deus sabe tudo. Pois bem, se ele sabe tudo, por que esse julgamento? Porque está escrito na Bíblia, oras! Ah, mas a Bíblia não foi Deus que escreveu? Justamente, ele quis assim, ele dá o livre-arbítrio e você faz o que quer na vida, mas depois será julgado pelos seus atos. Sei, então você tá querendo me dizer que eu tive livre-arbítrio quando vi meu irmão morrer depois de tomar remédios por engano? Que foi livre-arbítrio tudo o que aconteceu depois disso, a dissolução de uma família que vive em luto desde então, mais de quatro décadas depois? Espera, até quando você vai continuar usando essa história para se vitimizar? Ah, até sempre, oras! Quem mais que você conhece tem uma história tão boa assim: um irmão de cinco anos, ingere remédios enquanto brincava com o irmão mais velho (euzinho aqui)! Vou usar sempre, ainda mais quando me vem a certeza de que ele, caso não tivesse morrido, hoje seria mais um fascista no mundo, exatamente como os outros quatro irmãos que tenho! Aff, como você é patético!! Espere, tem mais. Quer dizer que foi livre-arbítrio crianças de oito, nove e dez anos de idade chegarem da escola e encontrarem o pai com uma faca e a mãe aos gritos, depois de ter apanhado por uma besteira qualquer que ela disse e o marido não gostou? Meio cruel esse seu Deus, não? Caramba, não fale isso, você não sabe que ele é onipresente e está em todo lugar? Boa ideia, quero ser onipresente e estar em todo lugar. Será que não é justamente isso que busco nessas intermináveis andanças mundo afora? É, acho que a ideia de me transformar em partícula soa muito boa...

Todos esses pensamentos malucos me visitaram depois que fiz duas coisas de que gosto muito: abraçar uma árvore e sentar no meio do mato e meditar. Primeiro encontrei uma árvore, de tronco grande e áspero. Não precisei andar muito longe do carro, parado aqui no acostamento à beira da BR-364. Não foi um "abraço de árvore" como tantos outros que eu já dei, pois estou usando no rosto uma máscara de pano e óculos de proteção que cobrem boa parte do meu rosto. Mesmo estando longe de qualquer sinal de vida humana por perto, continuo com medo do vírus e não vou tirar nada disso do meu rosto. Então foi um "meio abraço de árvore", é o que deu para fazer, mas mesmo assim eu senti seu calor e as forças que a natureza vai depositando, década após década, na floresta. Enquanto eu a abraçava, com o lado esquerdo do corpo (claro, não? afinal é o lado do coração!), um pedaço do tronco se soltou e ficou na minha mão. Senti um desconforto, pois nesse momento interferi em alguma coisa nesse sistema tão bem organizado e tão distante da minha vida. A natureza tem suas próprias razões. Será que eu seria punido por isso? Por via das dúvidas, resolvi achar um jeito de colocar o pedaço da árvore preso em um outro pedaço que estava quase se soltando. Fechei os olhos e tentei me concentrar na energia, mas a ideia de que eu tinha destruído parte da árvore me perseguia e fui fazer outra coisa para me conectar com a natureza. Caminhei alguns passos floresta adentro, abri os braços e cantei alguns mantras... Na verdade, um único mantra que consegui decorar depois de seis anos praticando ioga e fazendo retiros, mas era o mantra da proteção. O calor do sol atrás de mim, a vegetação verde, o solo que aparecia bem tímido entre a grama, tudo isso me fez pensar na ideia de partículas e na minha condição naquele exato momento, viajando, durante uma pandemia, sozinho, pelo Brasil.

Essa divagação toda me fez perder mais de uma hora em minha primeira parada estratégica e minuciosamente pensada. "Como viajar seguro durante uma pandemia de um vírus que se transmite pelo ar?" Caramba, estou vivendo um filme de ficção e sou o protagonista! Volte para o carro, falou a voz que tempos atrás fazia a defesa de Deus. Melhor escutar...

Não há tempo para muitas reflexões. Um hotel, que promete atendimento especializado em limpeza e segurança para os hóspedes, foi reservado em Cuiabá. No momento desse almoço bucólico, ainda faltam por volta de quinhentos quilômetros para percorrer. O jeito é enfrentar a realidade e voltar à estrada, para as intermináveis filas de caminhões carregados de grãos, que percorrem uma rodovia federal, muitas vezes sem acostamento, e que precisam ser ultrapassados por meio de manobras perigosas.

A playlist preparada para a viagem conta com uma salada tão impensável como a que ele acabou de comer: David Bowie, Adriana Calcanhoto, Radiohead e Criolo, seguidos de Madonna, Renato Russo (as músicas mais tristes), Chico Buarque, Gal Costa e Milton Nascimento.

Viajar sozinho traz recordações impossíveis de serem afastadas da mente. Seu pai tinha falecido meses depois da eleição do candidato a presidente da República que ele apoiava e ao qual Paulo era visceralmente contra. Os últimos anos dessa relação entre pai e filho, que sempre foi conturbada, piorou muito, mas, nesse momento da viagem, Paulo apenas se lembra das inúmeras viagens que fez com a família: o pai dirigindo, a mãe que sempre carregava um paninho para limpar as mãos das crianças depois de enchê-las de coisas gostosas. Era incrível como o pai conseguia arrumar brincadeiras que ajudavam nas horas emergenciais, quando ninguém aguentava mais ficar quieto dentro do carro. A preferida de Paulo era adivinhar o final da placa dos carros que cruzavam com eles. Quem acertasse dez vezes era o ganhador. A tática era perfeita, nenhum dos quatro filhos, espremidos no banco de trás de um Opala 1985, desgrudava os olhos da estrada, procurando avistar primeiro o próximo carro que cruzaria com eles. E assim, por algum tempo, a família ganhava certo sossego.

Paulo, embora gostasse da brincadeira, estava quase sempre perdido em seus pensamentos. Ele foi uma criança bem diferente de todos os seus irmãos. Nas viagens, gostava sempre de ficar na janela, atrás do banco de passageiro, onde ficava a mãe.

Esses lugares estabelecidos na vida familiar eram bem definidos, inclusive na mesa, nas horas das refeições. Da janela do carro ele sempre estava a olhar o céu. Usava o enquadramento da janela como se fosse a tela de um cinema, na qual assistia a um filme que o tirava do estado presente. De vez em quando, seu olhar cruzava com o do pai, pelo retrovisor do carro, que retribuía, com um gesto de censura.

De volta à BR-364, o jeito é prestar atenção na estrada. Além de estar sozinho e de o tempo passado estar há décadas perdido, Paulo precisa ficar atento e não perder a oportunidade de ultrapassar algum caminhão que sempre está na sua frente.

Outra coisa chama sua atenção. Na verdade, isso já fora constatado na viagem anterior. O estado do Mato Grosso, famoso pelo agronegócio e pela quantidade de desmatamento que enriqueceu famílias, a maioria vinda do Sul, estava orgulhoso do novo presidente, aquele que prometia mais desmatamento, mais apoio ao agricultor, não importando o dano que isso causasse ao meio ambiente. De tempos em tempos, aparece no horizonte uma grande construção metálica que toma conta da paisagem. Vista de longe, com uma espécie de torre apontada para o céu, lembra um castelo, sem o charme que as construções antigas carregam, é claro, mas com elementos pós-Revolução Industrial. São os enormes silos, depósitos destinados ao armazenamento de grãos. Mas, nessa região do país, graças à grande quantidade de dinheiro que circula nas mãos das poucas famílias que detêm o grande poder no ramo, essas obras monstruosas estão instaladas na própria fazenda do agricultor. Na frente de cada uma das entradas dessas propriedades, um símbolo que passou a representar apoio ao atual presidente, não importa quão destruidora fosse sua administração: um enorme mastro carrega na ponta a bandeira do Brasil. A primeira vez que viu essa cena, Paulo lembrou-se da famosa fotografia de Joe Rosenthal, em que soldados americanos erguem um mastro com a bandeira dos EUA, marco da vitória na Segunda Guerra Mundial.

Esses fazendeiros do Mato Grosso se apossaram da bandeira do Brasil e agora, desde as manifestações pró-golpe, ela foi arrancada das mãos de mais da metade da população que não apoia tais ideias.

– Pensar em política, ou seja lá que nome dar a esse caos que impera no Brasil, não vai te levar a nada! – afirmava a voz interior de um Paulo já exausto por dirigir tanto tempo.

– Ficar parado sem fazer nada e deixar que as coisas desandem mais também não vai resolver o problema – respondia a parte que desejava maior posicionamento de nosso personagem.

– Mas você já perdeu tudo: não tem emprego, este carro está hipotecado, está indo pra São Paulo para tentar negociar uma dívida de um apartamento que você não entregou e está a cada mês engolindo seu futuro.

Ao fundo, depois de uma curva, já no meio de uma noite escura, a cidade de Cuiabá desponta.

Chegando ao hotel, depois de o aplicativo de GPS errar várias vezes, Paulo, exausto, começa uma nova rotina que se repetirá todas as vezes que chegar a um lugar desconhecido para dormir: tira seus itens de primeiros socorros e higieniza cada centímetro do quarto. O mais difícil, no entanto, é tirar o lençol, passar uma solução de água sanitária nas extremidades do colchão e depois tentar deixar a cama arrumada.

As cortinas oferecem o maior risco. Muitas vezes velhas e com cheiro de mofo, recebem uma dose extra da solução desinfetante.

Separa o quarto por zonas: de um lado, as coisas que ele acredita estarem limpas e livres do vírus; do outro, as contaminadas. Só depois disso o banho e, na volta, para garantir, mais produtos químicos para matar os possíveis germes que ainda resistem no quarto.

Exausto, mas não sem antes tomar seu remédio para dormir, Paulo finalmente termina o primeiro dia nessa improvável viagem por dentro de um país em desmoronamento. O nome de uma peça de teatro, a que assistiu nos anos 1990 quando ainda estava na faculdade, aparece em seu pensamento minutos antes de ser dominado pelo efeito do remédio: *Longa jornada noite adentro...*

*

Um homem sem rosto pilota um pequeno barco parecido com um barco de pesca, muito usado nos rios no Paraná. As águas estão calmas e aparentemente tudo está em perfeita harmonia. Apesar de não saber onde está, Paulo sente uma sensação de aconchego. Seus olhos estão fixados no brilho do sol refletido no rio, de uma cor que ele não sabe definir, mas que começa a mudar – antes calma e com uma coloração agradável, a água começa a ficar turva e agitada, instalando, assim, um senso de perigo no ar. Ele tenta se segurar no pequeno barco, mas as águas ficam cada vez mais revoltas; ele não consegue nenhum apoio e teme cair no rio a qualquer momento. Olha para a frente e vê que está em Nova York, no rio Hudson, pois vê Manhattan. Fica mais assustado ainda, pois a cidade lembra uma fotografia que, durante anos, ele usou em sala de aula e mostrava a cidade vista do alto (provavelmente de um voo de helicóptero, com um sol imponente no céu). A foto em preto e branco era a própria representação do fim do mundo. Paulo olha para o barqueiro e percebe que é seu pai. Ele está usando um chapéu com um tecido que desce da cabeça para os ombros e tem as cores das fardas usadas pelos militares. Quando seus olhares se cruzam, o pai rapidamente desvia os olhos e mira fixamente o chão. Nesse momento, uma rajada de água bate no barco; não encontrando outro jeito, Paulo pula no chão, que já estava cheio de água. Olha para o pai e pergunta:

– E agora?

O pai, envergonhado, continua a olhar para o chão e, com uma voz praticamente inaudível, diz:

– Eu também não sei, meu filho!

*

O sonho assustador desperta Paulo. Ele sai da cama e percebe que está bastante molhado. Deve ser o suor. Ainda confuso, começa a andar naquele quarto de hotel escuro e vai na direção oposta à que pensava ficar o banheiro. Um grande mal-estar persiste e Paulo começa a ficar preocupado que a sensação não seja só em virtude do pesadelo. Quando consegue tocar em algo, sente um tecido grosso e lembra de uma história que uma comissária de bordo uma vez lhe contou. Ela lhe dissera que, como estão sempre dormindo em lugares estranhos, em caso de perigo e necessidade de sair no meio da noite e deixar o quarto, são aconselhadas a deixar sempre uma luz ou alguma luminosidade no quarto, para que, entre o despertar inesperado no meio da noite e a recuperação do sentido de direção, possa ajudá-las a encontrar a porta de saída com facilidade. Foi justamente isso que aconteceu com Paulo: o pesadelo deve ter provocado um grande movimento em seu corpo, que o fez girar na grande cama de casal fazendo-o parar no outro lado dela. Isso já tinha acontecido várias vezes enquanto dormia com seu companheiro, que no início acordava assustado, mas depois se adaptou e passou a abraçá-lo para sinalizar que era só um sonho ruim. Dessa vez, porém, Paulo está sozinho, com a camiseta branca totalmente molhada e parado na direção oposta àquela para onde queria ir. Ainda confuso e sob o efeito do forte calmante, ele resolve abrir um pouco a cortina e deixar o quarto mais claro. Está hospedado no centro de Cuiabá e a luz amarela das luzes dos postes invade o quarto. Se não estivesse se sentido tão mal, com certeza Paulo veria nessa cena algo romântico, que o lembraria das madrugadas em que vagava pelas ruas de Londres, no final dos anos 1990, esperando o primeiro trem que o levaria de volta para a casa onde morava, no interior da Inglaterra. Eram noites maravilhosas, em que a liberdade era sentida a cada passo que dava pela cidade.

Mas a realidade o leva ao outro lado do quarto. Consegue, enfim, encontrar o banheiro. Acende a luz e encontra o reflexo de seu rosto no espelho, o que o assusta bastante. Está vermelho e molhado. Olha para baixo e vê a situação da camiseta. Fica apavorado, pois percebe que está com febre. Então, resolve tomar um banho quente, troca de roupa e deita-se na outra extremidade da cama. Logo adormece. Essa é uma das maneiras de ele enfrentar os problemas: fugir deles até o momento em que não é mais possível escapar. Talvez por isso use tantos remédios para dormir.

Acorda com a claridade da cidade batendo no quarto. Na vontade desesperada de adormecer, esquecera de fechar a cortina. Ele se arruma rápido e desce para tomar o café da manhã, mas, assim que coloca a calça, percebe que tem que ir ao banheiro.

Pronto, era só o que me faltava: diarreia?

Coloca as mãos no rosto e percebe que a temperatura ainda está alta. Termina de usar o banheiro e desce rápido para a recepção. Quando entra no salão onde era servido o café, encontra quase tudo bem parecido com todos os cafés da manhã que havia tomado em outras épocas, em tantos hotéis em que já se hospedara. Olha o bufê: há apenas uma luva de plástico para usar e nenhuma outra proteção. Vê também que uma moça, que já estava sentada, sai de sua mesa e vai pegar mais café, sem máscara e sem luvas. Olha para a distribuição das mesas e percebe que nenhuma delas está interditada ao uso, mas, na verdade, estão bem juntas umas das outras. Nesse momento, fica furioso, vai falar com a recepcionista e pede para chamar o gerente. Ela diz que ela mesma resolveria, e ele insiste. Um senhor de terno aparece, e Paulo começa seu piti.

– Não tem pandemia em Cuiabá?

– Como assim, senhor? Não entendi!

– Que atitudes vocês estão tomando para proteger os hóspedes?

– Todas as recomendadas pelo Ministério da Saúde, senhor.

– Pois bem, me acompanhe, por favor – diz, indo em direção ao salão. O gerente, já assustado, vai atrás.

– Cadê o distanciamento social? Todas as mesas estão disponíveis e bem próximas.

– Ah, meu senhor, não se preocupe, aqui as pessoas por si sós têm a consciência de não se aglomerar.

Paulo fica descontrolado, pega o celular e começa a fazer fotos do local. Vira para o gerente, que a essa altura já está bem assustado, e diz:

– Está bem, então. Vou colocar essas fotos no site em que fiz a reserva e pedir uma explicação sobre isolamento social.

O gerente se afasta e Paulo escolhe uma mesa distante para tomar café. Em pouco tempo, o salão está cheio e, claro, todos próximos uns dos outros.

Essa pandemia o está deixando descontrolado. Antes de viajar, viu várias reportagens sobre a reabertura dos hotéis. Os poucos que tinham voltado a funcionar – muitos deles ficaram mais de três meses fechados – precisavam seguir medidas para que as pessoas ficassem o mínimo possível próximas. Em alguns lugares, o café era servido no próprio quarto do hóspede, mas ali, naquele hotel onde Paulo fizera a reserva depois de procurar por vários outros e acabar pagando um preço acima do planejado para se sentir seguro, justamente em um hotel caro, encontra tanto descaso com a pandemia que cresce, assustadoramente, no Brasil.

Mal toma o suco de laranja e percebe que não está bem. A princípio pensa que devia ser o estresse com o gerente e come um pedaço de torta, que há tempos não come e é receita do povo do sul. Sua avó sempre fazia uma parecida para ele levar nos piqueniques que fazia com a turma da escola quando era criança. A lembrança que aquele pedaço de torta traz a Paulo o acalma e ele consegue comer mais alguma coisa. Na volta ao quarto, ainda no elevador, percebe que seu estômago está revolto. Mal tem tempo de chegar ao quarto e vomita. Fica apavorado, tenta deitar. Não consegue; liga para seu companheiro, mas ainda é muito cedo e ele está dormindo. Reza, mas não consegue se concentrar nas palavras e tenta meditar. A única coisa em que consegue prestar atenção é nos movimentos de sua barriga e na testa que parece arder em febre. Começa a andar pelo quarto. Andar é uma das maneiras que ele tem de fugir. Pensa, então, em sair pela cidade, mas lembra-se do calor úmido que está lá fora e o mal que uma caminhada faria à sua saúde. Aí então lembra-se de uma frase que aprendera em um dos inúmeros retiros que fizera na vida e que aconselha a enfrentar os problemas, por mais difíceis que fossem, pois eles não desaparecem só porque você quer.

Paulo sabe disso, mas só chega a esse nível de coragem quando não há mais jeito. Uma vez, alguns anos antes, enquanto brincava com seu sobrinho de cinco anos, se distraiu e não percebeu que o moleque tinha subido em um brinquedo alto. Quando viu, ele já estava no chão com o braço quebrado. Durante a cirurgia a que o menino teve que ser submetido, Paulo percorreu vários quilômetros andando. Parecia que os passos cada vez mais largos o acalmavam.

Esgotados os recursos de fuga, Paulo lembra que, quando fez o check-in para as duas noites que passaria naquele hotel – ele tinha que dar aula on-line à tarde e não podia estar na estrada nessa hora –, viu um termômetro. Ele desce, na esperança de verificar a temperatura e constatar que não está com febre e tudo se resolver, permtindo-lhe voltar tranquilo para seu quarto e terminar de preparar a aula.

A mesma moça o atende. Dessa vez ainda mais mal-humorada: – Sim, temos termômetro! – Ela abre uma gaveta, pega o pequeno aparelho, que parece uma minipistola, e aponta para sua testa. Quando verifica a tela, vem a sentença:

– O senhor está com febre! – Quase em pânico, Paulo pede para ver: 38º.

– Mas isso é febre?

– Sim, senhor, e não podemos deixá-lo hospedado! Vamos encaminhá-lo para um pronto-socorro.

– Como assim?

– Temos ordens de não deixar ninguém com mais de 37,5º ficar no hotel. São medidas de proteção contra o coronavírus.

– Mas vocês vão me mandar pra onde? Não sou da região, estou só de passagem.

– Chamaremos a ambulância e eles levarão o senhor para o hospital que está cuidado dos casos do vírus.

O olhar dela demonstra tanto prazer que parece dizer: "Viu como em Cuiabá tem pandemia? E é pra ela que vamos te mandar".

Muito assustado, Paulo começa a andar, nervoso, diante do

balcão. Não sabe o que fazer. Será mesmo o vírus? Mas ele ficou todos esses meses em isolamento e só fazia pouco mais de vinte e quatro horas que tinha deixado sua casa. Se estivesse calmo, lembraria que os sintomas da doença aparecem em até catorze dias após o contato com o vírus. Mas, não, ele está com aquele sentimento de culpa por ter brigado com o pessoal do hotel e só consegue pensar que merece tudo aquilo que está acontecendo.

A moça chama o gerente, que afirma que ele precisa sair do hotel.

– Desculpe, eu ouvi a conversa. Sou médico e posso tentar ajudar – diz um dos hóspedes, um senhor por volta dos setenta anos que havia descido no elevador junto com Paulo.

– Ele está com febre e estamos chamando ajuda – diz a recepcionista.

– Mas para onde vão levá-lo?

– A ambulância que decide.

O médico olha para Paulo e pergunta sobre os sintomas. Paulo responde, fazendo quase um relato resumido de como foi sua rotina desde a hora que saiu de casa.

– A febre dele é de 38°, certo? – diz, olhando para a moça.

– Sim!

– Olha, isso quase não é febre e as chances de ele estar com o vírus são mínimas.

– Mas nós precisamos seguir o protocolo!

– Eu sei, mas se vocês o mandarem para um hospital público, aí sim as chances de ele pegar o vírus são enormes.

Paulo está assustado e tem outra crise intestinal. Precisa usar o banheiro novamente. Olha para o lado e vê que há um banheiro com a parede da frente revestida em mármore preto, ou uma imitação da pedra, e avisa que precisa ir ao banheiro, mas volta logo. Assim que entra e abre a porta, percebe uma sensação de conforto: ele encarava o momento em que, transcorrido o tempo da fuga, precisava passar pelo enfrentamento. Sempre foi assim em sua vida, e, quando isso acontecia, ele sentia-se forte e pronto para enfrentar o que fosse preciso.

Volta e encontra o médico conversando com o gerente. Ele se posta ao lado e ouve apenas: – ... pode deixar que eu cuido dele.

O médico convenceu o gerente a deixá-lo no hotel e diz a Paulo que sua esposa tem remédios. Ele lhe daria alguns comprimidos que Paulo precisa tomar de seis em seis horas. Quando vão em direção ao elevador, o médico diz:

– Eu vi você no café da manhã e parecia bastante nervoso. Tente se acalmar, eu sei que essa doença é terrível. Acabei de perder um colega de trabalho e meu irmão está na UTI, mas o que você tem é um grande grau de preocupação e estresse.

O senhor se parece muito com um dos irmãos de sua mãe, e essa lembrança, acompanhada da voz calma do médico, lhe traz uma paz enorme. O médico também está vestido como o tio costuma se vestir quando sai de casa: calça jeans e camisa social colocada para dentro da calça, com sapatos e cinto combinando.

– Tome um comprimido agora. Ele vai lhe dar sono. Você tem algum compromisso?

– Sim, preciso dar aula à tarde.

– Desmarque essa aula, pois sentirá bastante sono. E procure não sair do hotel. O pessoal lá de baixo está louco para jogar você em um desses hospitais públicos cheios de gente no corredor esperando uma chance de falar com um enfermeiro.

O médico para um pouco, fica pensativo, demonstrando dúvidas se queria ou não continuar a falar. Olha para dentro do quarto onde sua mulher está, fecha a porta, pega delicadamente no braço do estranho ao seu lado e continua:

– Até pouco tempo não estava ligando para essa doença. Seguia a corrente do negacionismo, que você já percebeu é a predominante por aqui. Mesmo sendo médico e sabendo dos riscos, escolhi não acreditar. Minha área é outra, não tem nada a ver com infectologia, mas não esqueci do que estudei décadas atrás e também não podia ter me esquecido de como o corpo humano funciona. Se eu tivesse alertado mais minha família e meus amigos, talvez meu irmão não estivesse à beira da morte, mas agora é tarde e terei que conviver com isso pelo resto da vida. Gostei de sua atitude lá embaixo. Agora faça o que lhe falei e você ficará bem.

– Muito obrigado, senhor...?

– José.

Paulo segue a recomendação do doutor José e acorda seis horas depois, quando o alarme toca para lembrá-lo de tomar o segundo comprimido. Ele toma um banho, pede uma sopa para ser entregue no quarto, fala com seu companheiro que tentou ligar várias vezes, explica tudo, toma o outro comprimido, liga a televisão em um canal de séries e, em pouco tempo, volta a dormir.

Sem pesadelos, febre ou neurose, Paulo acorda no outro dia, desce para tomar café da manhã e vê que algumas mesas foram retiradas. Pouco tempo depois, encerra sua estadia e pega a estrada novamente, com uma sensação de bem-estar que há tempos não sentia.

Antes de continuar sua leitura, preciso informá-lo, caro leitor, sobre o roteiro de Paulo e porque, saindo de Rondônia, ele foi para Brasília e depois para São Paulo. Na saída de Cuiabá aconteceu o desvio do caminho e, em uma estrada quase em linha reta, Paulo se dirigiu à capital do Brasil, pois tinha um amigo, que o esperava e com quem pretendia montar um negócio, o que lhe possibilitaria sair do norte. Depois era preciso seguir até São Paulo para entregar as chaves do apartamento onde tinha morado durante mais de uma década e que ainda estava alugado, já que mantinha a esperança de voltar à cidade.

Logo que sai da cidade encontra uma estrada bastante agradável, com morros, muito verde. Está na região da Chapada Diamantina, um lugar que sempre desejou conhecer. Para o carro na entrada de uma fazenda com uma bela vista para uma montanha. O sol brilha por trás de uma porteira e projeta uma sombra quadriculada no chão. Ele respira aquele ar agradável, faz suas orações, entoa o mantra da proteção e faz algumas fotos do lugar.

A viagem segue pela rodovia que cruza o estado do Mato Grosso de oeste a leste em direção a Brasília. Os primeiros quilômetros atravessam a região montanhosa. São horas agradáveis em que a harmonia da paisagem ajuda seu espírito a se restabelecer do susto que passou no hotel.

Assim que as curvas que atravessam as montanhas ficam para trás, uma nova paisagem desponta, essa bem desagradável e que daria o tom da viagem dali para a frente. Está entrando no cerrado brasileiro. De maio a outubro, é a estação de seca no norte e em parte do centro-oeste do Brasil, o clima fica muito quente e as queimadas aumentam muito. Paulo chega ao fim da Chapada Diamantina e se depara com uma paisagem apocalíptica: campos enormes abertos, sem nenhuma árvore e, com a falta de chuva, grandes nuvens de poeiras se descortinam no horizonte. Nunca viu nada igual. Era como se de repente tivesse entrado no deserto, mas a terra não era árida e sim cultivada. Primeiro avista grandes plantações de algodão que já devem estar em época de colheita, pois partículas brancas voavam pelo ar. Nesse instante agradece por estar usando máscara, porque tem alergia a pólen de flores e chegou a passar muito mal em uma primavera, quando morava na Inglaterra. A sensação ao ver aquele ar pesado e sujo é a mesma de quando não podia respirar direito devido à alergia, que causava coceira nos olhos, o nariz ficava trancado e a garganta parecia fechada. Ele começa a ficar assustado. Durante muitos quilômetros adentro do estado, tudo ao seu redor é ausência de árvores e excesso de máquinas de colher, máquinas de plantar e máquinas de passar inseticidas, além dos caminhões que entram na rodovia vindos de estradas de terra, levantando uma enorme nuvem de poeira, de uma cor avermelhada que tapa toda a visão à sua frente.

Olha no GPS e vê que precisa dirigir por longos trechos sem previsão de que a paisagem mude. Sua intenção, quando saiu pela manhã, era chegar a Brasília. Porém, devido à grande distância e aos muitos caminhões e colheitadeiras pela estrada, ele sabe que terá que parar em outro lugar. Não fez reserva em nenhum hotel, mas vê que alguns hotéis de beira de estrada estão funcionando e não se preocupa com o local onde dormirá. Nesse momento, Paulo lembra de um desejo antigo, quando a fotografia ainda o ajudava a criar sonhos. Ele queria percorrer o Brasil de carro e fotografar a diferença da paisagem e da cultura de cada uma das cinco regiões do país, mas desse sonho só restam a lembrança e a sensação de ter sido um romântico tolo. Ele não sente vontade alguma de falar sobre esse país tão cruel que desde 2018 surgia à sua frente.

A paisagem apocalíptica faz Paulo lembrar-se da única vez em que teve contato com seu avô materno, um fazendeiro espanhol que veio para o Brasil fugido da Guerra Civil Espanhola. Sua mãe, única filha, foi afastada dele e do resto da família quando se casou com seu pai. Ela tinha apenas dezessete anos. Como foi injusta essa relação entre eles! O machismo tóxico do pai a fez seguir todas as suas regras, mais ou menos o que acontece na Índia, quando as filhas, ainda adolescentes, são vendidas ou roubadas de suas famílias para servir um homem ou até mesmo para se prostituírem. Esse encontro com o avô aconteceu quando Paulo tinha onde anos de idade e fora à fazenda – um sítio talvez – no interior de São Paulo. O avô era um sujeito afetuoso, brincalhão e sorridente. Aparentemente, vivia feliz com a segunda esposa, que conheceu quando a primeira ainda era adolescente (a avó de Paulo, responsável pela parte afetuosa de sua criação), fazendo-o abandoná-la, assim como sua única filha e três netos.

Paulo pensa nisso quando entra em uma cidade onde a rodovia federal foi construída no meio da cidade, coisa muito comum nessa parte do Brasil. A mistura de espaço rural e urbano, com caminhões gigantescos cortando a paisagem, é desagradável de ver, uma sensação de que algo não está na ordem certa. Muito barulho, construções horrorosas, estética urbana em caos. Se a arquitetura de uma cidade é responsável pela sensação de organização, o que ele via pela janela do carro suscitava o oposto: desordem. Paulo quer apenas atravessar aquele lugar, mas há os inúmeros quebra-molas, alguns deles bem maiores do que os que ele conhece, mas pelo menos isso parece ter uma intenção humana: ajudar a combater os atropelamentos que uma rodovia federal que atravessa uma cidade deve causar. Ele não sabe por que o avô apareceu em seus pensamentos. Não nutre nenhum afeto por ele, que também foi um machista e largou a família por causa de outra mulher, mas, quase como uma antecipação junguiana, ele avista um vaqueiro que se aproxima, vindo do outro lado da rodovia, na entrada da cidade. A chegada àquele município, depois de atravessar campos enormes sem avistar uma única árvore, apenas máquinas gigantes que sustentam o tão falado agronegócio brasileiro, é de uma estranheza enorme. Na entrada, um enorme outdoor traz elogios ao presidente da República, com uma frase de apoio a ele, a tudo o que ele faz e aos seus ministros.

Em outras palavras, é um município que faz questão de dizer: "Não adianta reclamar, aqui todos pensamos igual!".

Já exausto e com fome, pensa que está na hora de parar e comer. Por pior que esteja o clima, não há nenhuma sombra por perto, mas não pode mais para esperar. Se não parar um pouco, a viagem pode ficar bem perigosa dali por diante.

Paulo avista uma entrada que leva a uma porteira – em uma parte da cidade que parece abandonada e pela qual ninguém passa – e resolve parar. Bem mais desanimado, prepara o ritual para o seu almoço. Tem salada, frutas e castanhas, e ainda resta um pouco de suco de laranja. Depois de comer, resolve escrever mais alguma coisa.

Dessa vez não vai ter ioga nem abraço de árvore – mesmo que eu quisesse, não existe nenhuma por aqui. Estou bastante mal-humorado e desejando que esta viagem acabe logo ou que pelo menos eu chegue a Brasília. A estrada já não me fascina mais, a paisagem que vejo me enche de ódio. Como chegamos até aqui? Não tenho essa resposta, mas posso contar a minha história, principalmente a que vem acontecendo desde 2018, quando pessoas com quem eu costumava conviver passaram a demonstrar uma face terrível de sua personalidade – um desejo oculto de saborear a própria ignorância.

Tenho pensado muito no que aconteceu na Alemanha de Hitler. Na verdade, sei pouca coisa: nada além dos inúmeros filmes sobre o Holocausto, os números de mortes, o Diário de Anne Frank, *que li ainda adolescente e me levou a enfrentar uma fila gigantesca para entrar na casa onde foi escrito, na primeira vez em que estive em Amsterdã. No entanto, descobri que não sei quase nada sobre o "antes". É como se a história que eu conheço começasse no final, na queda de Hitler e nas narrações das barbaridades que ele cometeu. Mas e seus apoiadores? Ele não fez tudo aquilo sozinho. Sim, existem as histórias de que muitos de seus aliados nazistas fugiram para o Brasil e a Argentina. Quando estive na Patagônia, em 2012, tive certeza absoluta de que me hospedei na pousada de um ex-nazista. O dono, um senhor de bastante idade, era alemão, e a família dele tinha se mudado para a Patagônia na década de 1940. Bingo! Família de nazista, foi o que concluímos (eu e o grupo de mais cinco amigos que viajavam comigo).*

Desde que o Brasil virou um país de extremistas, passei a me informar mais sobre a vida de Hitler antes do poder e o caminho que o fez conseguir hipnotizar um país inteiro. Em 1925, ele lançou o livro Mein Kampf, *que depois do final da Primeira Guerra Mundial foi proibido na Alemanha e até hoje é uma vergonha, a não ser pelos neonazistas que o usam como uma bíblia. O escritor norueguês Karl Ove Knausgård conta em seu livro – uma grande obra dividida em seis volumes e que leva o mesmo nome do livro de Hitler:* Minha Luta *–, no último volume, um episódio que o fez ficar com vergonha de ler o livro, que comprou em um sebo, durante uma viagem.*

Minha Luta, *de Hitler, foi publicado em uma Alemanha que havia saído da Primeira Grande Guerra aos farrapos, uma nação que precisava de um homem que pudesse, mesmo que fosse com palavras, oferecer alguma possibilidade de voltar a ter esperança e orgulho. Tenho que tomar cuidado com as palavras, pois não sou um especialista em Hitler. Para isso preciso ler Adorno, ler Hannah Arendt, mas o que sei é que houve um tempo de preparo, tempo em que Hitler foi espalhando suas ideias totalitaristas e encontrando seguidores, pessoas que ouviam exatamente aquilo que estavam precisando ouvir. Mesmo com o discurso antissemita, muitos judeus demoraram para perceber o perigo que se aproximava. Walter Benjamin, por exemplo, apesar do aviso dos amigos que tinham emigrado para a América, só resolveu sair na Alemanha quando já era tarde. Mesmo não sendo capturado pelos nazistas, morreu durante a fuga, na fronteira entre França e Espanha, de onde pegaria um navio para os Estados Unidos. Ele se matou ao chegar à fronteira e descobrir que ela estava fechada. Preferiu morrer por suas próprias mãos do que ser pego pelos nazistas. Um erro histórico, pois no dia seguinte a fronteira se abriu e aqueles que viajaram com ele puderam escapar da morte.*

Outro triunfo que deu a Hitler tanto poder foi a propaganda. Imaginem se ele tivesse WhatsApp e Twitter? O resto da história todos nós sabemos: cerca de seis milhões de judeus mortos.

Mas o que isso tem a ver com o que estou vivendo nestes dias? Não muito, na verdade. O Brasil é um país tão sem relevância que o máximo que podemos ter por aqui é uma versão tupiniquim do nazismo. Porém, o que vejo nesta viagem e tenho presenciado desde 2018 encontra alguma semelhança na história, não só da Alemanha nazista, mas de qualquer país com um líder ditador. A voz da multidão que idolatra o presidente é forte e tem traços bem parecidos. Traços que unem os bárbaros: machismo extremo. Foram os piores alunos durante toda a vida escolar; odeiam livros; não sabem nada de história e, fator importantíssimo, descobriram o WhatsApp e, com ele, as fake news.

Enquanto atravesso essa paisagem odiosa penso em como a massa funciona. Nas últimas horas, dirigindo por essa estrada sem nenhuma vegetação à vista e com campos de soja que somem no horizonte, vi muitas máquinas que trabalham como se estivessem em um desfile. Normalmente são seis colheitadeiras, três de cada lado, que rasgam a paisagem numa coreografia que lembra um desfile militar: formam um "V", mais ou menos como o voo das andorinhas quando estão migrando. Porém, a mais semiótica das visões que encontro são as bandeiras que os fazendeiros penduram na entrada de suas propriedades. Parece que elas dizem: aqui é o novo Brasil, aquele onde só quem tem dinheiro tem espaço. Não pude deixar de observar, no entanto, que algumas dessas bandeiras, devido ao vento forte que sopra na região, vão se decompondo nas pontas, uma imagem que lembra muito um ataque de ratazanas, que começam a comer o tecido pela extremidade e vão se aproximando de seu interior.

Com essa imagem, que traz um pouco de alento depois de tantas outras que me deixaram deprimido, acho melhor pegar minhas coisas e seguir viagem.

Antes de avistar o vaqueiro, enquanto ainda pensa em seu avó e na falta de sorte que sua mãe teve na vida, Paulo percebe que a grande maioria das pessoas que avistava não usava máscaras, embora o estado estivesse entre os locais com maior número de contágios no Brasil.

O vaqueiro tem uma postura ereta, demonstrando que faz aquilo desde sempre, exatamente como foi a vida de seu avô. Usa calça marrom, camisa branca e um chapéu bonito e viril. Deve ter uns oitenta anos. Quando o carro chega mais perto, é possível ver-lhe o rosto: uma máscara branca, grande, cobria sua boca e seu nariz. Paulo fica feliz, e o ódio que estava sentindo dos moradores daquele estado cheio de pessoas que ganham a vida com a destruição do planeta, ameniza. Seu avô aparece para o acalmar, segurar sua mão e ajudá-lo a atravessar o apocalipse. Quando sai da cidade, depois de percorrer uns dez quilômetros, avista outra placa com a cara do presidente. Prefere, então, olhar para dentro de si e resgatar o cavaleiro com máscara, seu avô, que nunca fez nada por ele em vida, mas voltou para lhe dar uma força em sua travessia por esse país perdido em ódio e com um futuro terrível pela frente.

*

Nosso personagem seguiu sua viagem. Teve mais alguns contratempos, outros tantos pitis e umas manias. Seguia pela estrada ora cantando, ora contando as placas de quilometragem e ora pensando no que diria ao pai ou aos irmãos sobre a raiva que sentia deles. Esse era o melhor passatempo e fazia a viagem parecer mais rápida, apesar da sensação ruim que vinha depois.

Teve problemas em todos os lugares que se hospedou, como a chegada noturna à cidade histórica de Goiás em que quase não encontrou lugar para dormir, já que todas as pousadas estavam fechadas devido à pandemia. Mesmo cansado, fez todo o ritual de limpeza do quarto, tomou banho e dormiu à base de remédios. Seguiu vendo coisas que o deixavam extremamente com raiva. Em certo momento se fez algumas perguntas:

"Por que eu me importo tanto? Por que sofrer por essas pessoas? Que se danem! No último posto de gasolina não havia ninguém usando máscara".

No entanto, apesar de poder fazer essas e outras perguntas, seguiria sofrendo por tudo o que acontecia com ele, com sua família cada vez mais distante, com as enormes bandeiras do Brasil balançando em todo canto e trazendo consigo a mensagem: "Nós, fascistas, vencemos, o que impera agora é o ódio contra as minorias e os direitos humanos".

Passou alguns dias em Brasília. Ele e o amigo fotógrafo visitaram alguns lugares onde seria possível montar uma galeria/escola de fotografia, mas muitos deles estavam fechados. Para fazer a barba e cortar o cabelo, teve que contar com a ajuda do amigo, que pediu para seu cabeleireiro o atender com as portas fechadas. Saiu de Brasília com a sensação de que desejava muito mudar-se para lá, mas o mundo estava muito estranho e parecia que ficaria assim por um bom tempo. Seria necessário esperar para saber como seria esse mundo pós-pandemia. Havia muita especulação em torno disso. E como pensar em abrir um negócio no meio de uma crise como essa?

Passou por mais dois estados antes de chegar a São Paulo: Goiás e Minas Gerais. Resolveu da forma que pôde a entrega do apartamento em São Paulo e voltou para Rondônia, onde seu companheiro o esperava. Na saída de São Paulo, lembrou-se de uma frase do livro *A peste*, de Camus: "Não me sinto feliz por partir, mas não é necessário ser feliz para recomeçar".

Conto 2 – Cartas para o século XX

Doha, 21 de janeiro de 2019

> "Missão, Tereza, é uma palavra idiota. Eu não tenho missão. E é um alívio enorme perceber que somos livres, que não temos missão."
>
> Milan Kundera

Caro amigo Dioniso,

Acabo de lhe enviar uma mensagem pelo WhatsApp com a proposta de um exercício de escrita. Estava tomando café da manhã em um hotel em Doha, no Souq Waqif, um tradicional mercado árabe, e refleti sobre suas palavras relatando a visita ao museu do Ouro, em Bogotá. O mundo é realmente maravilhoso, e, apesar de toda dor, é bom estar nele.

Saí para caminhar pelo mercado com a sensação de que estava em um filme do James Bond ou em uma das histórias do Tintim. Essas comparações sempre me fazem sentir melhor, como se o único fato de estar vivendo a experiência de uma viagem não bastasse. Encontrei um corredor com arcos de onde vinha uma luz lateral muito bonita. A luz da manhã, baixa ainda, projetava uma sombra forte. Essa moldura natural deixava a paisagem ainda mais bela.

Peguei meu celular e fiquei esperando alguém passar. Não demorou muito e uma senhora árabe, coberta com um tecido preto brilhante, apenas com os olhos à mostra, veio na direção da cena para a qual eu apontava minha câmera. Quando ela chegou e fui fotografá-la, a bateria do celular acabou. Eu tinha esquecido de recarregá-lo. Voltei para o quarto do hotel e, enquanto o aparelho recuperava a carga vital de sua existência, peguei o livro de Milan Kundera que estava relendo, já nas últimas páginas, deitei na cama e cheguei, completamente emocionado, à frase acima, quando Tomas afirma para Tereza que "missão" é uma palavra sem sentido na vida e que a ausência dela nos liberta.

Achei que a frase, aliada ao fato de não ter conseguido fazer uma foto que, por mais bonita que fosse, não mudaria em nada a vida, foi libertadora e um sinal para eu começar a lhe escrever.

Há tempos venho pensando em poder trocar com você a experiência de como percebemos essas mudanças que vêm acontecendo no mundo desde que, nos anos 1990, começamos nossa amizade.

O entusiasmo com esse exercício apareceu logo que liguei o computador. A primeira coisa que fiz foi desativar a internet. Foi engraçado como esse simples gesto me libertou de tantos compromissos. Estando desconectado, o ato de escrever me levou ao tempo em que eu experimentava a escrita usando uma máquina de escrever.

Isso foi bem antes de nos conhecermos, quando eu era adolescente e meu pai me obrigava a trabalhar com ele no escritório. Ele acreditava que, assim, teria a garantia de controlar minha vida. Mal sabia que minha existência toda seria uma forma de contrariá-lo.

Mas voltemos a Doha, à escrita e às mudanças dessas últimas décadas, pois, se eu não tomar cuidado, a memória me levará ao ventre materno...

Temos trocado muitas mensagens sobre os livros que estamos lendo, e fica claro que nós dois temos o desejo de ter mais tempo livre para ler, encontrar coisas boas, que nos transportem para o encantador mundo de autores que conseguiram colocar no papel uma vida vasta e cheia de emoções que renova nossa existência a cada página.

Esse livro de Kundera teve um forte impacto sobre muitas coisas que vivi, e acredito ser ele também um sinal para colocar em prática a proposta de trocarmos cartas, enviá-las pelo correio, esperar o expandido tempo da resposta e, assim, nesse jogo entre dois amigos que se conhecem há quase trinta anos, revisitar o passado.

Eu o li no primeiro ou segundo ano da faculdade. Foi antes de minha primeira viagem à Europa, em julho de 1994. Sei disso porque fui a Praga, na primeira das três vezes em que estive lá, à procura do impacto que o livro me provocou.

Ao reler agora essa obra, percebi, assustado, que muita coisa que aconteceu depois disso, principalmente nas relações amorosas, que foram parecidas com as reflexões que o autor coloca na construção desses dois personagens, Tomas e Tereza. Isso me faz pensar no poder que o livro teve sobre mim. Não fui apenas visitar uma cidade. Inconscientemente, moldei minha vida para fazê-la parecer com a dos personagens. Talvez porque eu tenha sempre achado que viver de mim apenas não bastasse. Afinal, o que um rapaz, criado em uma pequena cidade do interior do Paraná, em uma família cheia de preconceitos, que dá um valor absurdo ao dinheiro e quase nenhum ao conhecimento, que vive na igreja e, em toda a vida, teve pouquíssimos atos realmente cristãos, se considerarmos que a ideia de Cristo é fazer o bem ao mundo... Por que a vida de alguém com esse passado poderia ter algo de interessante?

Deixa pra lá, melhor recorrer ao mundo da imaginação, esse, sim, o mais real dos mundos.

Aqui, de novo, me vejo refletido na personagem. Leia esta citação do livro e constate você mesmo como tenho razão:

> E mais uma coisa: havia um livro aberto sobre a mesa. Naquele café, ninguém jamais abrira um livro sobre a mesa. Para Tereza, o livro era o sinal de reconhecimento de uma irmandade secreta. De fato, contra o mundo de grosseria que a cercava, tinha uma só arma: os livros que tomava emprestados na biblioteca municipal; sobretudo os romances: lia-os em quantidade, de Fieldding a Thomas Mann. Eles lhe ofereciam uma chance de evasão imaginária, arrancando-a de uma vida que não lhe trazia nenhuma satisfação, mas tinha também para ela um sentido como objeto: gostava de passear na rua com livros debaixo do braço. Eram para ela o que a elegante bengala era para um dândi do século passado. Eles a distinguiam das outras.

Nos momentos mais difíceis da minha vida, lembro que posso recorrer a esse poder que o conhecimento, ou pelo menos a busca do conhecimento, sempre me trouxe.

Você se lembra de como gostávamos de andar com livros sempre à mostra? Se não me falha a memória, você se apaixonou por uma garota que exibia um clássico quando andava pelos corredores da faculdade.

Enfim, aqui estou eu divagando e abrindo várias possibilidades de caminhos a que pode nos conduzir esse exercício de escrita, de olhar para o mundo pela perspectiva de como o percebemos. Ficou claro que o maior desafio será organizar essas ideias, pois a memória talvez seja a maior de todas as ficções.

Quando sua resposta chegar, espero estar lendo outros livros, mas quero organizar o que restou do passado a partir do que Milan Kundera me trouxe.

> Na véspera, ele temera que ela oferecesse toda a sua vida se a convidasse para vir para a casa dele em Praga. Agora, ao ouvi-la contar que sua mala estava no guarda-volumes da estação, disse consigo mesmo que ela havia posto a vida naquela mala e a guardava na estação antes de oferecê-la a ele.

Quando terminei a faculdade e fui morar em Londres, tinha decidido que a mudança seria outra forma de libertação. Longe do Brasil, do que as pessoas esperavam de mim, eu poderia ser, finalmente, o que queria. Assumir minha sexualidade foi a primeira coisa que fiz. Quando estava pronto para aproveitar a vida em uma das cidades mais gays da Europa – lembre-se de que estou falando dos anos 1990 –, conheci um brasileiro com quem passaria os próximos nove anos.

Nossa história se parece muito com a de Tomas e Tereza, com algumas diferenças fundamentais: os personagens de Kundera morreram juntos e, no meu caso, só o Marcos morreu, alguns anos depois de nossa separação.

Conheci meu primeiro companheiro em uma festa de Natal. Eu estava trabalhando em um restaurante e um brasileiro ficou com pena do paranaense que falava que era jornalista, mas ocupava o cargo mais baixo entre os empregados, o de lavador de pratos, que acabara de chegar à Inglaterra. Então, me convidou para passar a festa na casa que ele dividia com outros três brasileiros no bairro de Shepherd's Bush. Combinamos que, ao chegar à estação de metrô, eu deveria ligar de um telefone público da estação para a casa dele, que iria me buscar.

Só esse acontecimento já é um exercício para pensarmos na

mudança dos tempos. Se fosse hoje, eu colocaria o endereço em um aplicativo de celular e facilmente chegaria até a casa, avisaria pelo WhatsApp que tinha chegado e ele abriria a porta. Mas, na ocasião, peguei as moedas de vinte centavos que tinha no bolso, esperei que um dos quatro telefones que havia ao lado da catraca na estação ficasse desocupado e liguei para o número que ele me deu, anotado em um papel rasgado de alguma comanda no restaurante. Voltei a Londres no ano passado e fui visitar esse lugar para encontrar algum vestígio desse passado tão forte em minha vida. Não preciso dizer que não encontrei nada. Afinal sou, há tempos, outra pessoa, e aquele Renato é tão improvável como o Tomas ou a Tereza do livro de Kundera.

Quando consegui completar a ligação, depois de perder duas ou três moedas, ouvi, pela primeira vez, a voz do Marcos, o companheiro que mudaria minha vida para sempre. Foi uma conversa rápida, pois ele já tinha avisado ao Manoel que eu estava esperando na estação, mas nunca mais esqueci o som daquela voz anunciando sua chegada em minha vida. Só nos falamos novamente no final da festa, quando ele me serviu vinho e sentou-se ao meu lado. Estava usando um jeans apertado e uma blusa azul de tecido aveludado. Tinha bebido um pouco e fez algumas brincadeiras. Eu me sentia leve, dono de mim e cheio de vida.

Um mês depois, cheguei à casa do Marcos, que já havia mudado de bairro, exatamente como Tereza chegou à casa de Tomas em Praga, com a mala e a vida para lhe entregar.

Nossa história em comum, pelo menos o início dela, foi possível graças a uma série de acasos. O maior deles foi ter ido passar meu primeiro Natal em Londres na casa de um grupo de brasileiros que eu mal conhecia. Quem leu ou ler o livro de Kundera saberá que a construção da história de amor entre os personagens principais foi toda baseada em uma série de seis acasos grotescos.

Dioniso, quando me mudei para Londres, você ficou em Curitiba, já tinha um filho, estava casado com uma mulher encantadora e trabalhava como advogado.

Lembro que uma das últimas coisas que fizemos juntos foi ir ao teatro para ver uma peça sobre a obra de Shakespeare cujo nome me persegue desde então. Outro lugar poético a que recorro sempre, inclusive neste exato momento: "Estou lhe escrevendo de um país distante". Você se lembra disso?

A peça, de um grupo de Curitiba que anos mais tarde faria um sucesso danado no Brasil, marcou aquela fase de minha vida e talvez tenha marcado a sua também. Afinal, o teatro foi uma das coisas que nos uniu.

Vimos o espetáculo em um teatro pequeno, desses alternativos, com saída direto para a rua. Hoje os teatros todos estão dentro de shopping centers. Fiquei atordoado com a emoção que o texto, a bela apresentação dos atores, a peça como um todo me provocaram. Senti um prazer enorme pela vida, uma esperança de que tudo ainda estava por vir e era só atravessar aquela porta e encontrar esse futuro que eu tanto desejava.

Hoje é bem mais difícil encontrar o sentimento de estar vivendo algo sublime. Por mais longe que eu vá, por mais distante o lugar onde eu esteja escrevendo uma carta para um amigo, a alegria que tive naquele dia fica resumida a quase nada.

É verdade que não posso cair na armadilha de acreditar que tudo no passado era melhor. Agora mesmo, enquanto lhe escrevo, comecei a ouvir o chamado para a oração de um alto-falante na mesquita aqui perto. Uma voz grave ecoa e me leva a outros mundos, provocando um encantamento que renova minha vontade de estar na vida. Mas como este exercício se propõe mais a olhar para o passado, vou permitir que a memória dite suas regras e o saudosismo esteja presente no que escrevo. Me corrija, amigo; quero saber o que você pensa sobre todas essas coisas; afinal, a maturidade tem lá suas vantagens, mas na época éramos jovens demais para perceber isso. É bem verdade que você sempre foi mais responsável do que eu, o que ficará claro no decorrer de nossa história.

Quando saí de Curitiba, nos perdemos durante alguns anos. Eu queria enterrar o passado, negar minha história, chegar sem nada em um mundo novo, pronto para ser construído. Pobre Renato, mal sabia que jamais, por mais distante que eu pudesse ir, jamais deixaria de ser aquele menino amedrontado, que vivia trancado no quarto, esperando o pai cruel sair de casa, com medo das constantes reprovações, que eram a única forma de relacionamento entre eles.

Talvez agora, passados esses anos todos, você possa me contar como foi a sua vida desde que nos separamos.

As redes sociais... Se não me engano foi pelo Orkut que nos reencontramos. Isso deve ter sido lá por 2003, e eu já estava vivendo em São Paulo havia três anos. Hoje vejo a foto de sua família no Instagram e me emociono. Você conseguiu, meu caro amigo.

Proponho que sua resposta seja na medida do que você tiver vontade de falar. Como disse no início: que isso seja um exercício de escrita, em que a partir de nossas histórias possamos pensar juntos nesta, parafraseando o livro que está ao meu lado, *A insustentável leveza do ser*.

*

É claro que a carta nunca foi respondida. Quem, em pleno século da comunicação instantânea, tem paciência para escrever uma carta, imprimi-la, dobrar os papéis, colocar em um envelope e preenchê-lo com as informações do remetente e do destinatário, ir até o correio, pegar uma senha, esperar, talvez uma hora, ir ao caixa, criar, mesmo que básica, uma conversa com a pessoa que vai atendê-lo, esperá-la fazer o trâmite de envio, pagar, vê-la selar o envelope e colocar em uma caixa ao lado de seu assento e, depois de tudo isso, aguardar que aquilo tudo que você escreveu chegue a seu destino?

Renato esperou um ano pela resposta, nunca cobrou o amigo. Com a ausência da resposta, tentou a mesma coisa com uma amiga, também da faculdade. Esta, nem o endereço lhe enviou, e ele engavetou o projeto de olhar para o passado.

O ano de 2019 estava começando. Quando ele escreveu a carta, apresentou outras urgências e, em poucos meses, suas referências literárias passaram da leveza de Kundera para o som e a fúria de Shakespeare... Mas isso já é outro assunto!

Conto 3 – 2019, fotografia desbotada

Outubro de 2019

> "O bacilo da peste nem morre nem desaparece por completo [...] pode permanecer latente por anos e anos nos móveis e nas arcas de roupa de cama [...] pode passar o tempo oculto em quartos, porões, baús e prateleiras de livros; e [...] talvez chegue o dia em que, para a destruição e o aprendizado dos homens, ela torne a despertar seus ratos e levar a morte a uma cidade despreocupada."
>
> Albert Camus, *A peste*

Nenhuma transformação social acontece de forma instantânea: "Semana que vem, no dia tal, às tantas horas, começará a Primeira Guerra Mundial" ou "No dia marcado, em algum ano na década de 1930, a Alemanha dará poder a um austríaco que será um dos pilares da Segunda Guerra Mundial". Quem escreve a história tem o aval de saber o fim dos acontecimentos, e o que chega às gerações futuras são os fatos com começo, meio e fim. No entanto, viver por meses, anos, sofrendo o impacto de perceber, muitas vezes sem entender ao certo o que está acontecendo, semana após semana, que as coisas não estão mais como eram antes, que da boca de seus familiares saem frases que o deixam perplexo, mas você prefere ignorar, para manter a boa relação, ver sua irmã defender abertamente e sem pudor que é a favor da liberação da compra de armas por civis no Brasil, entre tantos outros absurdos, não é uma situação confortável. A grande maioria dos jornalistas quer sentir a história acontecendo, mas estar dentro dela, sofrendo o impacto das mudanças – para pior, muito pior –, não é tarefa fácil.

A transformação não acontece com hora marcada, ela vem aos poucos. Como o bacilo adormecido anunciado por Camus, ela vai despertando sem alardes e infectando um país inteiro. Quando, por exemplo, os brasileiros começaram a ter um comportamento diferente e passaram a considerar o professor como um empregado subalterno cuja única função na sala de aula é atender aos caprichos dos estudantes de escolas particulares que pagam e olham para a educação como um produto e não como uma prestação de serviço? No entanto, a educação não deveria ser um acordo em que três partes – instituição, aluno e professor – são fundamentais para que a coisa aconteça? Se uma delas não cumprir com suas obrigações, dificilmente o projeto educacional funcionará. Quando, no Brasil, os alunos, os pais e a sociedade em geral deixaram de dar o devido respeito ao mestre, aquele profissional apaixonado pelo conhecimento e motivado por um desejo genuíno de transmitir tudo o que aprendeu de forma passional a seus alunos?

Sentado ao meu lado está Perseu, um ex-professor, como prefere se autonomear. Ele recebeu esse nome do pai, por alguma razão que nunca ficou bem clara. No entanto, alguns apontamentos sobre a biografia desse homem, a quem Perseu nunca conseguiu conquistar, pode nos dar indícios do porquê lhe foi dada a denominação de um semideus grego, cujo grande feito foi ter matado a Medusa, que transformava em pedra todos os que a olhavam nos olhos e foi imortalizada na pintura de Caravaggio, *Cabeça de Medusa*.

Claro que, quando criança, Perseu detestava o nome, principalmente porque sempre tinha que responder mais de uma vez quando algum desconhecido lhe perguntava como se chamava. Se o nome é um indicativo importante da personalidade e o futuro de uma pessoa, talvez os problemas dele tenham começado aí. Primeiro filho de uma família que viria a ter outros cinco, ele nasceu quando o pai ainda era muito novo, deveria ter vinte anos e acabara de voltar do exército. O ano era 1969, meses após a divulgação do AI-5, quando engravidou a namorada de dezoito anos e, movido por uma sensação de obrigação, casou-se com ela, mesmo que um tio poderoso da pequena cidade no interior do Paraná tenha lhe oferecido dinheiro para interromper a gravidez e terminar com essa história de casamento e filho e seguir a vida; Afinal de contas, ele tinha acabado de passar um ano na capital do estado servindo o exército e poderia ter uma carreira militar. Tudo indicava que os militares seriam os novos donos do Brasil por um bom tempo. A ditadura estava instalada e não dava sinal de que duraria pouco tempo. Caso não quisesse seguir a carreira militar, ele era jovem, bonito e poderia fazer qualquer coisa. Começar uma família naquele momento atrapalharia muito esse plano, que se revelava promissor na vida do jovem soldado. O pai, porém, negou a oferta e casou-se quando Perseu era um feto de seis meses.

O casamento foi um desastre. Agressões. A primeira delas quando a mãe estava grávida de Perseu. Recebeu os golpes violentos de um homem forte, que, pelo uso da violência, dava as regras de como seria aquela relação: ele falava e ela obedecia, sem espaço para nada além disso. Esse desastroso começo, motivado não pelo amor, mas pela infantil ideia de que era preciso honrar a responsabilidade de pai, provocou uma educação violenta, que deixou traços traumáticos em todos os filhos, mortes e o terrível fim do pai, alcoólatra, abandonado por toda a família, vivendo os últimos anos de vida em defesa dos regimes totalitaristas e cheio de preconceitos e racismo.

Um desses atos incompreensíveis para uma pessoa sensata aconteceu em São Paulo, em 2017, na última visita que fez ao filho. Na verdade, o pai precisava ficar uma semana em São Paulo para resolver problemas de documentação e usou o apartamento do filho como hospedagem. No último domingo, depois de ter bebido todas as noites e provocado pequenos desastres pelo apartamento, num rompante de sanidade convidou o filho para almoçar em um bom restaurante na Vila Madalena. Era uma tarde de sol do mês de abril. O bairro estava vibrante, e escolheram uma mesa na calçada – o pai fumava muito e não queria ficar o tempo todo saindo. No entanto, como a lei antifumo em São Paulo é bastante rígida, em um estabelecimento, se as mesas estiverem sob um toldo, ainda que na calçada, continua prevalecendo a proibição de fumar.

O pai, nova esposa e filho escolheram a mesa mais distante. Assim que o garçom veio e entregou o menu, o pai pediu uma cerveja. Quando o garçom a trouxe, o pai tinha acendido um cigarro, mesmo que, bem na parede ao lado deles, uma placa mostrasse que naquele lugar era proibido fumar.

O garçom, educadamente, disse:

– Senhor, não é permitido fumar aqui.

O pai, já irritado, respondeu de uma forma branda, mas que deixou Perseu alerta.

– Como assim, não posso fumar? Eu estou do lado de fora, ao ar livre. Claro que posso fumar!

– Não. Veja a placa. O senhor pode fumar ali! – disse, apontando para um lugar mais adiante, fora do alcance do toldo.

Contrariado, o pai levantou-se foi até o lugar que o rapaz tinha indicado, fumou calmamente seu cigarro, voltou à mesa e escolheram o que iriam comer. Perseu chamou o garçom, que foi até eles para anotar o pedido. O pai pediu mais uma cerveja e, depois que Perseu, que adorava aquele restaurante, terminou de passar as instruções para o rapaz e antes que ele os deixasse, o pai, demonstrando animosidade, segurou no braço do garçom, esboçou um sorriso e perguntou:

– Meu amigo, de onde você é?

O rapaz, que deveria ter uns 35 anos e até então estava tenso devido à reação do homem que queria fumar em um lugar proibido, abriu um sorriso e disse:

– Sou do Ceará!

Nesse momento, o brilho nos olhos do pai irradiava uma felicidade vingativa. A resposta era exatamente o que seu espírito maquiavélico desejava. Então, segurando ainda mais forte o braço do rapaz, em uma demonstração de que a linguagem corporal pode aniquilar um oponente, concluiu:

– Ah, meu caro, você não entendeu a pergunta. Que você é do Ceará eu já sabia, está escrito na sua cara. Perguntei de que cidade do Ceará você é!

Envergonhado, Perseu foi atrás do garçom e pediu desculpas pela grosseria do pai, inventando que ele sofria de senilidade, além de ser alcoólatra. A resposta do garçom deixou Perseu ainda mais perplexo:

– Não se preocupe. Eu escuto coisas desse tipo todos os dias, às vezes até mais de uma vez por dia. – E virou-se e continuou seu trabalho.

O pai foi encontrado morto. Jazia em um quarto nos fundos de uma casa, emprestado por uma irmã, a única que ainda conseguia ter alguma aproximação com aquele homem horrendo. Pelo estado de putrefação, tinha morrido havia pelo menos três dias quando foi descoberto. Uma vizinha, que morava a trezentos metros da casa onde ele jazia, foi reclamar com a família do terrível cheiro que vinha daquela direção.

Perseu acordou quando estávamos próximo a Araraquara. Assim que a viagem que demoraria três dias começou, quando o carro entrou na Rua Teodoro Sampaio, poucos minutos antes de deixar o apartamento onde tinha morado por doze anos, antes mesmo de chegar à Cerro Corá, uma rua familiar, pois ele passava por ela todos os dias, de segunda à sexta-feira – e em alguns semestres aos sábados – para lecionar, ele já tinha pegado no sono, sem despedida, sem olhar para trás. Isso não significava que ele estivesse feliz com a possibilidade de mudança que despontava no horizonte. Nada daquilo fazia parte de seus planos, e ele se sentia vítima do que vinha acontecendo no Brasil, principalmente nos anos de 2018 e 2019.

Ele fora demitido em junho de 2019. O acontecimento, que qualquer outro professor com menos amor pelos alunos poderia ter deixado passar sem nenhum drama, transformou a vida de Perseu em um caos. Ele tinha uma turma para a qual lecionara por dois semestres, sendo o primeiro deles o fatídico segundo semestre de 2018. No primeiro dia de aula, percebeu que não seria tarefa fácil. Na apresentação informal que sempre fazia, desceu do tablado, foi em direção ao meio da sala e misturou-se aos alunos. Então, passou o código de como seria seu posicionamento como professor: acreditava em uma educação horizontal e estava ali, não só para passar a matéria, mas para ter a certeza de que aquilo que ensinava serviria para a vida dos alunos por muito tempo, e eles poderiam recorrer a isso para ter o entendimento sobre a profissão que escolheram. O Brasil estava dividido. Os acontecimentos que precederam essa divisão começaram bem antes, mas, nesse dia de agosto de 2018, o bacilo já tinha acordado e dia após dia fazia mais vítimas.

A turma tinha por volta de 35 alunos e alunas. Ele nunca contou exatamente, pois alguns deles não demonstravam claramente de que lado estavam, mas aproximadamente metade defendia as ideias do então candidato à presidência da República, que revelava, entre outras coisas, o preconceito e o desrespeito às minorias. Do outro lado, incluíam-se aqueles que Perseu, por temperamento, acreditou que precisariam de mais atenção.

Na segunda-feira seguinte à vitória do presidente, Perseu chegou à sala de aula no mesmo horário de sempre, dez minutos antes da hora marcada, mas não encontrou ninguém. Depois descobriu que parte dos alunos tinha passado a noite comemorando, e a outra parte, chorando ou se embebedando, morrendo de medo do que viria dali para a frente. Como os gays, as mulheres, os negros e as negras, as travestis, as feministas, os homens héteros não machistas, como aqueles que viviam de cultura, ciência e educação, iriam viver a partir dessa eleição? O país estava dividido, e quem não contraíra o bacilo do fascismo tinha muita dificuldade de conviver com os infectados.

No final da aula, que teve a presença de metade dos alunos, Perseu se aproximou de três alunos e perguntou:

– Posso dar um abraço em vocês? – Eles tinham ficado a aula toda com a cabeça baixa, pareciam ter dificuldade de se movimentar, e a cena deixara Perseu profundamente angustiado.

– Ai, professor, o que será da gente agora? – falou uma das alunas.

Sem ter o que responder, pois sentia exatamente o mesmo medo, mas consciente do seu papel de professor que deveria transmitir, ou pelo menos tentar, um pouco de confiança, abraçou os três e disse:

– Calma. Daremos um jeito. Não esqueçam que 47 milhões de pessoas não votaram nele. – E saiu para não chorar na frente dos alunos.

Essa mesma turma, já no primeiro semestre de 2019, voltou das férias bastante transformada. Ele daria uma disciplina prática e percebeu, já no primeiro dia de aula, que todos estavam muito insubordinados. O Brasil já experimentava o que era viver em um país em que o autoritarismo dá as cartas. A presença de um aluno novo, transferido de outra instituição, e que não gostou de Perseu, inflamou o resto da turma a criticá-lo. Aquilo que antes era um método aceitável e até admirado por alguns passou a ser uma fogueira preparada para receber o professor idealista.

No final do semestre, depois de muitas reclamações e um episódio em que um dos alunos agrediu verbalmente Perseu, ofendendo-o com palavrões, o professor peripatético foi chamado para uma reunião em que, sob o olhar perverso do coordenador, foi anunciado seu desligamento. Perseu esquecera que não era Aristóteles e jamais imaginou que seus métodos de ensino não tradicionais, em um período histórico turbulento por que passava o Brasil, não seriam aceitos. Ninguém estava interessado em ter um professor que se colocava no lugar do outro para ensinar tudo aquilo que sabia e desejava transmitir.

– Bom dia. Quer que eu dirija?

– Não precisa. Ainda temos muita estrada, e você acabou de acordar. Tente apreciar a vista. O sol já vai nascer.

– Seria bom pararmos daqui a pouco e comer alguma coisa.

– Sim. Me avise quando encontrar um lugar bem gostoso?

Sem responder e olhando para a paisagem que passava rápido, ele ficou por alguns minutos em um transe hipnótico.

– Onde você colocou a caixa de sapatos que pedi para ficar em cima da mudança?

– A caixa está bem atrás de você, e isso não é uma mudança. São só seus livros e suas memórias que encheram esse carro. A mudança está lá, nas lojas, nos esperando. Quero comprar tudo novo.

A parada para o café melhorou o humor de Perseu. Lá, ele foi ao banheiro e passou água por todo o rosto, em um desejo de acordar, ou acordar para poder dirigir, ou acordar do pesadelo em que parecia estar mergulhado. Seja qual for o motivo, ele saiu do banheiro mais animado e ficou ainda melhor depois de seu costumeiro pão frio com manteiga – com pouca manteiga – e uma média mais escura, ou seja, com mais café do que leite.

– Será que lá vai ter isso?

– Como assim? Estamos indo para o norte do país, mas ainda é Brasil, e estamos falando de pão com manteiga e café com leite. Isso tem em qualquer lugar!

Deu uma risada discreta, mas logo seu olhar fixou em um ponto à sua frente.

Nesse momento, ele sorriu e revelou uma de suas memórias de juventude. Não gostava muito de falar do passado, mas de algum modo sentiu vontade de contar uma história.

– Quando eu morava em Paris, adorava sentar nos cafés, pedir um capuccino e um croissant. A xícara chegava com uma camada grossa de espuma acima de um café forte, nada desse excesso de chocolate que tem nos capuccinos do Brasil. A mistura dos dois, a bebida e o croissant, e o olhar para aquela cidade em que sempre sonhei morar me traziam um afago na alma, era como um abraço de avó.

Depois de sair do café de beira de estrada, Perseu pediu para não dirigir. Queria pegar a caixa e olhar os três livros que tinha separado quando desmontava sua biblioteca. Disse que desejava ter aqueles livros como amuleto durante a viagem, um guia para a nova vida.

A literatura sempre o salvou. Educado em uma família com muitos irmãos, em que nenhum deles tinha o mínimo interesse por estudar e muito menos por livros, descobriu a pequena biblioteca do pai em uma parte da prateleira que ficava na sala, porém, não em uma estante com os livros à mostra. O pai tinha guardado os livros a portas fechadas, parecia querer escondê-los. Um dia, porém, o pequeno Perseu, com dez anos de idade, achou o tesouro. Um livro com uma capa azul texturizada que levou o menino à outra dimensão da vida. Quando o abriu, percebeu algumas figuras, uma mulher com roupas de um período histórico indefinido em algum país monarquista, deitada em uma cama com muitos ornamentos. Na página seguinte, um homem estava no quarto, posto diante dela. Perseu continuou a folhear e descobriu, amedrontado, outra mulher sentada na cama, essa com roupa de baixo e espartilho branco, e o pé colocado na cama com um singelo movimento. Nas páginas seguintes, que o menino só teve coragem de olhar em outro dia, os desenhos mostravam aquilo que seria a primeira experiência de Perseu com o sexo. Ele ficou viciado naquele livro. Trancava a porta do quarto e bastava olhar algumas imagens para começar a série de masturbações. Como não tinha experiência alguma no assunto e não tendo onde colocar o líquido branco e gosmento que saía do seu pênis, ele limpava as mãos nas próprias páginas do livro. Não fazia ideia de que a porra que produzia tinha um efeito de cola e deixava as páginas grudadas. Foi dessa forma que a mãe descobriu o que o menino fazia horas a fio trancado no quarto.

O livro, que tinha um acabamento clássico e escondia os desenhos da perversão em algum castelo europeu, não foi sua única descoberta. Depois que a mãe soube de toda a história, pegou o livro com as páginas coladas e contou ao pai, que sumiu com os livros, não sem antes desmoralizar o garoto.

Mas o tesouro ainda estava ali, e ele começou uma aventura que nunca acabou em sua vida: a leitura. O primeiro livro foi *A ilha perdida*. Os dois meninos, provavelmente da mesma idade que a dele, que apareciam na capa, em um desenho de um pequeno bote em um mar agitado e o pedaço de uma ilha para onde os dois garotos perdidos iam, geraram um fascínio tão grande em Perseu que talvez tenha sido naquele exato momento que surgiu a vontade de viajar o máximo que pudesse, à procura de aventuras que aquele livro despertara nele.

Por coincidência ou capricho do destino, logo depois que leu o livro, o pai anunciou que eles fariam uma viagem para visitar os irmãos da mãe que viviam em Goiás. Seria uma viagem de carro em que iriam parar nas casas dos parentes, no caminho entre o Paraná e o norte de Goiás, que anos mais tarde seria dividido e se tornaria o estado de Tocantins.

A viagem aconteceu e marcou para sempre a vida daquele menino. Na Belina branca do pai, a mãe preparou, no grande porta-malas, uma cama improvisada, que os quatro filhos, com idades entre um e onze anos, revezavam. Perseu preferia a janela atrás da mãe, onde ficava horas vendo a paisagem passar bem rápido diante de seus olhos. Era como estivesse vendo um filme, e o enquadramento das janelas dos carros sempre deixou Perseu hipnotizado. Em um desses momentos, ele ouviu o pai dizer para a mãe: “Esse moleque deve ter algum problema. Não é possível isso!”. Ele não lembra se a mãe respondeu alguma coisa. Provavelmente, sim, pois ela era uma espécie de Lady Macbeth, sempre a envenenar o marido contra os filhos.

Quando chegaram ao destino, os tios anunciaram uma surpresa. Julho era mês de seca nos rios e, quando as águas baixavam, ilhas com praias apareciam no meio do rio, e eles iriam passar duas semanas acampados em uma dessas ilhas.

Quando ele me contou essa história, não se lembrava do que acontecia no livro, o primeiro que leu na vida, mas na sua ilha, na divisa dos então estados de Goiás e Pará, essas histórias nunca saíram de sua cabeça: as caminhadas pela manhã, com a avó e os primos, ela contando histórias, muitas delas sobre sua juventude e como naquela época tinham espíritos soltos pelo mundo; a barraca onde a trupe dormia, feita de folhas secas de coqueiro sobre chão de areia; a sensação de estar dentro de uma aventura como a que tinha descoberto no livro e viria a fazer parte de todos os desejos de viajar e sentir isso novamente.

Uma vez ele me mostrou uma foto, em que vestia uma camiseta molhada colada ao torso e com parte do corpo dentro da água. Segurava o irmão caçula, que tinha um pouco mais de um ano de idade. Perseu deve ter sido um menino feio, era muito magro, tinha uma cabeça grande que parecia não combinar com o resto do corpo e a mandíbula acentuada, um erro da natureza que foi corrigido em uma dolorosa cirurgia quando ele tinha dezoito anos. A fotografia revelava a dinâmica da família, e, visivelmente, ele era um ser destoante entre todas as pessoas que o rodeavam. O que mais me impressionou na imagem foi o olhar dele: não era timidez nem vergonha, mas sim o desconforto de uma criança que está entrando na adolescência e sente que precisa pedir licença, a cada dia, para existir, para fazer parte daquele jogo sórdido de poder, brigas, traições, apadrinhamentos e tantas outras coisas que norteavam a vida familiar, até que o pai, depois de inúmeras traições à mãe, encontrou uma mulher, talvez um amor verdadeiro, e deixou a família. Perseu já tinha 28 anos, havia terminado a faculdade e estava morando na Europa.

De volta à estrada, Perseu pegou a caixa. Antes de olhar os três livros que escolhera, encontrou uma fotografia antiga. Era de seu aniversário de dois anos e mostrava exatamente o momento em que o menino soprava a vela. O fotógrafo, que jamais alguém saberá quem foi, tinha uma destreza, ou teve sorte, de revelar muito sobre aquele momento. Perseu, que sempre teve o cabelo escuro, aparecia na imagem com o cabelo liso e bem claro, penteado em uma divisão da esquerda para a direita. Vestia uma camisa de festa, e não uma camiseta, e, embora os pais fossem muito pobres naquela época, estava bem-vestido. Era uma camisa de mangas curtas e botões fechados até o colarinho – deixando-o parecido com um homenzinho. Pela forma como soprava a vela, transmitia uma certa segurança. Atrás dele, o pai, um homem magro, bonito e muito grande. Sua pose parecia a de quem queria proteger o filho pequeno, que estava em pé na cadeira pronto para soprar a vela, e, ao mesmo tempo, pelo movimento levemente direcionado para a direita, queria presenciar o momento em que o pequeno Perseu completaria seus dois anos de vida, simbolicamente soprando a vela. Ele sorria, parecendo um homem orgulhoso da família e da vida que tinha. Ao lado esquerdo da foto, a uma certa distância, estava a mãe com um bebê no colo. Olhava fixamente para o menino que soprava a vela e também exibia um sorriso, esse um pouco mais contido do que o do pai. Ela vestia um macacão claro e segurava o segundo filho do casal, um bebê gordinho que, no momento em que a fotografia foi tirada, projetava o corpo para a frente, curioso para saber o que o irmão fazia ou apenas querendo fazer parte daquilo e também soprar a vela. Ela segurava o bebê delicadamente com um leve toque de mão. Ele, como que por impulso, tentava se libertar usando o braço e a mão para afastar o braço da mãe. Atrás da mesa, havia uma prateleira com vários objetos. A casa era de madeira, o que era muito comum nos estados do sul do Brasil nos anos 1970. Sobre a prateleira e acima da cabeça da mãe, a fotografia mostrava o retrato de uma mulher em uma moldura, que poderia ser ela mesma mais nova ou a avó do menino. Ao lado dele, havia uma casinha, que na verdade era um cofre para guardar moedas, e uma espécie de escultura de barro que, devido ao apagamento a que a foto vinha sendo submetida aqueles anos todos, não se podia determinar que objeto era aquele: parecia um peixe de barro ou a forma de outro animal qualquer. Perseu lembrou-se da casinha-cofre, mas ficou um tempão tentando decifrar que objeto era aquele. Do outro lado, atrás da cabeça do pai, havia uma caixa de sapatos bem parecida com a caixa que Perseu, 47 anos depois, tinha sobre o colo e de onde tirou a fotografia que analisa. Em cima da caixa, era possível identificar alguns discos, único indício de que a família, ou talvez o pai, tinha algum interesse por cultura.

Dois outros fatos chamavam a atenção na fotografia desbotada. Ao lado direito, quase no fim do enquadramento escolhido pelo fotógrafo anônimo, aparecia uma porta aberta. Essa parte da imagem continha dois elementos curiosos, um de característica histórica e outro pessoal. Pregado à parede havia um pequeno objeto, usado para fechar as portas, que nos transportava a uma época em que preocupação com segurança não fazia parte da vida das pessoas. O objeto – cujo significado talvez muitos terão que procurar no dicionário ou perguntar para uma pessoa mais velha – era chamado de tramela, um pedaço de madeira, esculpido nas duas pontas, dando-lhe uma aparência de carrinho de criança, que era fixado à porta com um prego no centro, de modo que pudesse ser girado e fechar a porta de madeira. Através dessa mesma porta, entrava em cena uma mulher, que parecia ter a mesma idade da mãe de Perseu e era a pessoa mais destoante da fotografia. Sua posição denotava movimento. Vinha, provavelmente, da cozinha para a sala. Outro destaque era o fato de ser ela a única pessoa que olhava para a câmera e, consequentemente, nos olhava. Era como se assistíssemos a uma peça de teatro e a mulher aparecesse da coxia e levasse um susto quando percebesse que o público a descobrira, visível no canto do palco.

– De onde surgiu essa foto? – pergunta Perseu depois de passar um tempo enorme olhando para cada detalhe da imagem.

– Não faço ideia. Você foi o único que tocou nessa caixa.

– Devia estar dentro de um dos livros. Fazia muito tempo que eu não via essa fotografia. Na verdade, eu nem lembrava que ela estava comigo.

– Será que não foi sua mãe que a trouxe da última vez que o visitou?.

– Sei lá, mas acho que preciso dar um jeito de escaneá-la. Olha como está apagada.

Não era mais possível ver o bolo e, de todas as pessoas retratadas na imagem, Perseu, a razão daquela modesta festa, era quem estava desaparecendo.

Ele colocou a fotografia na caixa e, sem nem chegar a tocar nos três livros, fechou-a, devolvendo-a ao lugar que estava, atrás do banco em que se sentava.

Ele pediu para parar o carro no acostamento. São José do Rio Preto estava próxima e em poucos quilômetros seria a divisa de São Paulo com o Mato Grosso do Sul. Ele queria dirigir um pouco. O sol já estava presente no horizonte e um dia promissor parecia despontar.

No acostamento, antes de assumir a direção, ele olhou para uma pequena mata, de costas para o carro, parecendo rezar ou cantar alguns mantras durante alguns minutos.

– Vamos ouvir um pouco de rádio? – Queria aproveitar que ainda era possível sintonizar as rádios que gostava de ouvir em

São Paulo. Tinha deixado programadas cinco estações, uma só com músicas brasileiras, outras duas com músicas dos anos 1980 e 1990, a seguinte com rock e uma última com música clássica. Houve uma época em que gostava de ouvir notícias no carro enquanto dirigia, mas tinha escutado tanta barbaridade de homens toscos falando besteiras nas rádios e na televisão que criou uma verdadeira ojeriza e mudava logo de estação quando, interrompendo a programação de música, algum noticiário aparecia. Uma dessas rádios tinha um programa que o deixava puto. Eles faziam uma espécie de enquete com os ouvintes sobre determinados assuntos banais, por exemplo: "Você acha que sexo online é traição? Mande um WhatsApp, caro ouvinte, e sua opinião aparecerá no ar".

Tentou conectar a primeira e ouviu uma mistura de uma música da Marisa Monte com um sertanejo universitário invadindo as ondas da rádio. Tentou nas outras e somente ouvia-se um chiado irritante. Desligou, então, o aparelho.

– É, parece que já estamos bem distantes de São Paulo.

A mudança não tinha sido uma escolha dele. Quando ficou desempregado e desiludido em tentar procurar outro emprego, mergulhou em uma depressão profunda. Eu, sua esposa Elisa, percebi que precisava fazer alguma coisa e comecei a procurar emprego pelo LinkedIn. Perseu sempre foi o que ganhava mais do casal. Seu fundo de garantia e o seguro desemprego que receberia por cinco meses não seriam suficientes para pagar as contas. Só o aluguel do apartamento era de quase 3 mil reais e já estava atrasado havia alguns meses. Foi então que uma escola no interior de Rondônia lme ofereceu uma vaga de coordenadora. Quando contei a ele, a resposta veio imediatamente, sem nem ao menos pensar: – Claro, vamos para Rondônia!

Para alguém urbano, que já tinha morado em Curitiba, Londres, Paris e vivia em São Paulo havia dezenove anos, uma mudança para o interior do país não seria fácil, ainda mais para um estado tão longe, onde os costumes eram bem diferentes.

Sua melhor amiga perguntou, incrédula, por que ele estava fazendo isso. Ele respondeu de forma bastante pragmática:

– Aqui eu me sinto traído. Fui morar no bairro mais descolado de São Paulo e durante muitos anos me senti bem à vontade, adorava tomar café da manhã na padaria, ler o jornal, principalmente o caderno de cultura. Acreditava viver a vida que sempre tinha planejado para mim, trabalhava no que gostava, tinha uma esposa, viajava todas as férias, ia ao cinema praticamente toda semana, mas, então, veio essa merda que se instalou no Brasil e o clima em São Paulo mudou. As pessoas, principalmente os mais velhos que frequentavam a padaria, passaram a defender abertamente a ditadura e dizer que naquela época tudo era melhor. O pior é que essas ideias e outras tão absurdas também se propagaram tão rapidamente que todo mundo passou a defendê-las. Eram coisas que jamais imaginei que pudesse ouvir em uma metrópole como São Paulo.

A amiga, ainda mais irritada, disse:

– Sim, mas você está indo para um lugar que é pior que isso tudo que você está vivendo em São Paulo!

– Sim, é verdade, mas pelo menos lá não me sentirei enganado. Esse governo defende os agricultores e todos lá trabalham com isso, então é natural que eles apoiem qualquer pessoa que os ajude politicamente.

A amiga preferiu não continuar a conversa. Sabia que ele precisava se apoiar em alguma ideia para conseguir fazer uma mudança tão drástica. Ela o conhecia havia quase trinta anos e, munida da sabedoria que uma longa amizade traz sobre o outro, fez um gesto de carinho, segurou Perseu pelo braço e o levou a uma livraria. Eles estavam em Curitiba, onde Perseu participava de um congresso. Voltando a São Paulo, começaria a preparar a mudança.

Quando morava em Curitiba, ele gostava muito de ir a essa livraria, que ficava atrás da Universidade Federal, onde estudou. Ficou surpreso quando entraram e tudo estava exatamente do mesmo jeito que tinha sido nos anos 1990, quando frequentava a livraria. Depois que deram uma boa volta entre as estantes dos livros, rodeados pelos grandes pensadores, a amiga disse:

– Vou te dar um presente e quero que ele o ajude nessa nova etapa de sua vida. Mudanças são boas. Não se preocupe, pois dará tudo certo! – e entregou um pequeno livro, *Sociedade do cansaço*, do coreano radicado na Alemanha Byung-Chul Han. Perseu abriu um sorriso, deu um abraço forte na amiga e disse que, no congresso, muitas pessoas estavam falando sobre esse filósofo. Enquanto a amiga foi até o caixa pagar o livro, Perseu leu o que estava escrito na contracapa:

> Byung-Chul Han, uma das vozes filosóficas mais inovadoras da atualidade, descreve neste ensaio como o Ocidente está se tornando uma sociedade do cansaço.

Seguido de uma citação do livro *Demasiado humano, de* Nietzsche:

> Por falta de repouso nossa civilização caminha para uma nova barbárie. Em nenhuma outra época os ativos, isto é, os inquietos, valeram tanto. Assim, pertence às correções necessárias a serem tomadas quanto ao caráter da humanidade fortalecer em grande medida o elemento contemplativo.

Quando voltou, a amiga viu que ele estava com uma aparência bem mais relaxada do que a que tinha quando, havia pouco, tentava convencê-las de que entrar na cova dos leões seria a melhor opção que tinha no momento.

– Viu como o conheço? É disso que você precisa: descansar! Fica aí, emendando um trabalho no outro, uma viagem na outra. Nunca sei onde você está, em que país está.

– Não é bem assim – respondeu Perseu, já tentando se justificar. – Sou professor e você sabe que só posso viajar nas férias.

Ela pegou o livro das mãos de Perseu, que folheou à procura de alguma coisa. Quando a achou, pediu que ele lesse uma pequena frase do livro:

> O excesso de trabalho e desempenho agudiza-se numa autoexploração. Essa é mais eficiente que uma exploração do outro, pois caminha de mãos dadas com o sentimento de liberdade. O explorador é ao mesmo tempo o explorado. Agressor e vítima não podem mais ser distinguidos.

– Vá para Rondônia e aproveite que estará lá para fazer tudo aquilo que você não tinha tempo de fazer em São Paulo. Você sabe muito bem que São Paulo nos consome. Aff, nem sei como você conseguiu morar tanto tempo naquela cidade. Os ares da Amazônia lhe farão bem. Tenho certeza disso.

– Obrigado, minha querida.

– Ah, e não se esqueça de que sempre estarei aqui!

Nos últimos anos Perseu perdeu, aos poucos, qualquer possibilidade de contato amoroso com sua família. Todos estavam do lado da barbárie, e ele não conseguia ficar imune a isso. Nunca conseguiu perdoá-los por serem tão toscos, caírem em um discurso fácil. Se tivessem tido um pouco de interesse em olhar para a história, saberiam que esse discurso já tinha sido usado antes e que nunca deu certo. Mas a perda da família o fez perceber quanto a vida tinha dado um jeito de recompensá-lo com bons amigos, ao ponto de poder chamá-los de irmãos.

Quando chegou a São Paulo, já tinha terminado o livro e estava empolgado demais com tudo aquilo que o coreano falava. Era como se as palavras do filósofo fossem exatamente o que ele precisava ouvir naquele momento de sua vida. O livro o impulsionou a começar um novo projeto, fotografar as pessoas em situações mais inusitadas: presas a um celular. Em pouco tempo, ele já tinha uma série de imagens, também feitas com o seu aparelho celular. Em uma livraria, um pai segurava um bebê com um dos braços e, com a mão direita, respondia a um e-mail ou uma mensagem pelo celular; em uma igreja, três pessoas apareciam formando o desenho de um triângulo. Se projetássemos uma linha entre elas, as duas do fundo rezavam e o que estava mais próximo, no primeiro plano da fotografia, estava concentrado em olhar fixamente para o aparelho celular.

***

Na estrada, enquanto dirigia em direção ao Mato Grosso do Sul, Perseu ficou ausente por algum tempo. Assim como caminhar o fazia pensar, dirigir em uma rodovia o levava a mergulhar em seus pensamentos. A figura do pai, impulsionada pelo inesperado encontro com a fotografia antiga, o fez pensar sobre o amor que ele parecia sentir pelo filho. Mas o que havia mudado? Qual foi o ponto ou quais foram os acontecimentos que desencadearam a virada de comportamento em relação ao seu primogênito?

O pai sempre foi uma figura enigmática para Perseu, que passou a vida tentando ganhar o amor desse homem, fazer com que sentisse orgulho do filho, que tinha dedicado a vida às suas paixões. Praticamente todas as vontades de Perseu eram o oposto do que o pai tinha imaginado para o filho, e, claro, ele sempre foi punido por isso, primeiro pelo pai e, depois, pelos irmãos e pelas irmãs, que nunca aceitaram ter na família um "intelectual", alguém tão destoante deles..

Durante a juventude, Perseu tentou fazer as pazes com o seu nome. Já morava em Curitiba e ter um nome diferente não era mais visto como motivo de gozação, embora o que o fez realmente tentar entender a origem de seu nome tivesse sido o comentário dúbio de uma de suas colegas da universidade. Como o único aluno vindo de uma escola pública e do interior do Paraná, ele sempre foi visto sob o olhar inquisitório dos colegas, causado por sua origem. Quando Perseu passou no curso de jornalismo na Universidade Federal do Paraná, todos os seus colegas tinham um histórico de uma excelente educação nos melhores e mais caros colégios particulares. Essa relação de classe só ficou clara para ele mais tarde.

No primeiro dia de aula da disciplina de língua portuguesa, uma aluna, que já tinha morado na Alemanha e que não costumava conversar com ninguém além das pessoas que ela acreditava estarem em seu nível intelectual, lhe fez uma provocação que foi o estopim para ele começar a entender ou procurar entender suas origens. Ela estava sentada na frente e Perseu, duas filas atrás. Quando chegou sua vez de se apresentar, ele suava frio, pressentia que algo ruim estava para acontecer, causado pelo forte sotaque de caipira ou pelo nome. Queria terminar logo com aquilo e, quando disse seu nome, ela, numa mistura de espanto e vontade de rir, olhou pra trás. Ele ficou envergonhado e foi o mais breve possível em suas palavras, passando a vez para o aluno ao seu lado. O professor também parecia estar segurando uma risada ao ouvir da voz de um caipira que tinha o mesmo nome de um ser mitológico. No final da aula, a colega o esperou e disse:

– Perseu? Nunca imaginei que alguém pudesse ter um nome desses – e concluiu, sem esperar nenhuma resposta. – Seu pai deve gostar bastante de mitologia grega!

Foi então que ele resolveu entender a história e também o porquê de ter recebido um nome tão diferente, dado por uma pessoa que não demonstrava interesse algum por cultura. Não esperem uma resposta, mas o caminho que ele percorreu é interessante.

De todas as explicações para o herói que consegue decepar a cabeça da terrível Medusa, que transformava em pedra todos aqueles que olhavam para ela, a que mais o deixou satisfeito foi a escrita por Italo Calvino, que recorreu à mitologia para preparar uma palestra que daria na universidade norte-americana de Harvard e que foi transformada em livro após a morte do escritor. Para Calvino, a Medusa só foi vencida graças ao não enfrentamento direto, ou seja, Perseu usou um espelho e só assim conseguiu cortar a cabeça da górgona. Esse não enfrentamento direto foi justamente o que o levou à vitória sobre o monstro.

"É sempre na recusa da visão direta que reside a força de Perseu, mas não na recusa da realidade do mundo." Essa frase proferida por Calvino marcou a vida desse homem que nasceu no interior do Paraná em plena ditadura militar e era, por natureza, um sonhador. Ele sabia a frase de cor e sempre que tinha oportunidade citava-a a seus alunos ou orientandos, mesmo antes de o Brasil se tornar um campo de batalha, onde técnicas de enfrentamento ou recuo seriam fundamentais para a sobrevivência. O pai, mesmo sem saber, dera ao filho o veneno e o antídoto.. Foi no nome que construiu sua identidade e era para ele que corria todas as vezes que sentia a vida fugir de seu controle. Crescer em uma sociedade rural o obrigou a construir esses lugares de fuga para onde poderia ir sempre que a situação pedisse.

Outro mistério, no entanto, nunca teve uma solução. Como um homem violento, maldoso, egoísta, ignorante e preconceituoso, além de machista ao extremo, poderia ter a sensibilidade de colocar o nome de um mito grego em seu primeiro filho?

A fotografia que misteriosamente apareceu na caixa-amuleto dava pistas de como teria sido esse pai, aquele de quem Perseu não tinha nenhuma lembrança, o pai da foto desbotada, que desaparece justamente onde o filho está posicionado. A imagem mostra um homem amoroso e cuidadoso com a família. Lewis Hine, o fotógrafo americano, já dizia que a fotografia não mente, mas que existem, sim, fotógrafos mentirosos. Seria essa imagem um caso desses? Ou, realmente, houve uma transformação do homem que aparece na foto no pai impiedoso que sempre existiu para Perseu?

Uma das histórias que o pai contou em uma de suas bebedeiras foi que, quando estava no exército, em Curitiba, em 1968-69, costumava sair com alguns viados que, em troca de "favores" sexuais, pagavam uma refeição em um bom restaurante. Quando contou isso, na presença de todos os filhos, Perseu saiu da sala. De tantas barbaridades que já tinha ouvido, saber aquilo do pai o deixou completamente confuso. Que mistério existia por trás desse homem? Não que Perseu se incomodasse com o fato de o pai ter tido relações homossexuais, mas se questionava por que um homem que na juventude teria sido uma coisa depois de casado e com filhos se transformara num ser abjeto. Ou ter relações sexuais com outros homens em troca de comida já demonstrava um desvio de caráter que se agravaria no futuro?

Outra história aguçava ainda mais suas dúvidas. Um dia

ele perguntou à mãe como fora o encontro deles, como se conheceram e começaram a namorar? A mãe era fã dos Beatles e de todos os cantores e cantoras da Jovem Guarda, exatamente como a maioria das garotas de sua época.

Quando Perseu era adolescente, em uma de suas investigações dentro daquela casa que parecia guardar segredos sem-fim, encontrou um caderno antigo e, sem nenhum escrúpulo e respeito, leu o diário da mãe. Entre letras das músicas de Roberto Carlos, descrição detalhada das tarefas domésticas das quais a adolescente era encarregada, todos os dias ela escrevia uma minuciosa descrição de seu amor por aquele que, na época em que o diário foi escrito, estava servindo o exército em Curitiba. A letra da mãe era de uma beleza celestial. Ele sempre foi encantado por sua escrita e não economizava elogios. Por meio do diário, era possível sentir a esperança que aquela garota depositava na relação com o soldado que sempre lhe mandava cartas da capital. A história desse amor, ou do amor descrito pela garota, é comovente. Anos mais tarde, Perseu perguntou à mãe como eles se conheceram.

A história narrada, enquanto mãe e filho passeavam por uma praça na pequena cidade do norte do Paraná onde ele nasceu, falava sobre encontros às escondidas, bilhetes enviados por amigas, idas a matinês de cinema, maneiras de sempre driblar os irmãos da mãe, que nunca concordaram com o namoro.

Embora tenha se tornado uma mulher amarga e que depois do divórcio se entregou aos dogmas mais radicais da igreja católica, a mãe adorava contar como foi que perdeu a virgindade e, provavelmente – segundo Perseu e, seguramente, segundo a mãe –, engravidou.

O namorado só poderia ver a namorada enquanto os irmãos dela estavam em casa. Em um desses encontros consentidos, a mãe aproveitou a distração dos irmãos, que estavam ouvindo futebol pelo rádio, e acompanhou o namorado até o portão. Era uma noite de lua cheia. Muitas vezes, quando mãe e filho estavam juntos e era noite de lua cheia, a história ressurgia, ou pela boca da mãe ou de forma tácita, quando ambos pareciam estar sintonizados na mesma frequência e, mesmo sem palavras, tudo se fazia presente. A casa de madeira onde a mãe passou sua adolescência, provavelmente a mesma casa da fotografia desbotada, tinha uma árvore grande bem ao lado do portão. Uma seringueira com grandes troncos e uma copa que se estendia no ar. Foi ali que o pai puxou a calcinha da mãe e a engravidou. Depois de adulto e de ter ouvido tantas vezes essa história, Perseu, que nunca foi piedoso com a mãe, perguntou:

– Ele a estuprou?

– Claro que não, meu filho, eu quis aquilo!

– Tem certeza, mãe? Isso me parece mais abuso de um cara mais velho...

– Pare!! Eu já disse que era o que eu mais queria naquela época e não me arrependo de nada! – Com isso, colocava um fim em qualquer possibilidade de continuar o debate. – E, afinal de contas, graças a isso você está aqui!

Assim, torto, violento e cercado de censuras, começa a história de Perseu.

Enquanto ele dirigia, cruzaram as divisas dos estados de São Paulo e Mato Grosso do Sul. A mudança na paisagem foi brusca, principalmente a estrada, que estava em péssimas condições. A princípio Perseu ficou animado com a novidade: com a rodovia mais estreita, ficavam mais próximos ao acostamento e às árvores. A primeira cidade que encontraram mostrou uma dinâmica que seria bastante comum daquele ponto da viagem em diante: pequenas cidades, onde a estrada federal cruzava o município, dando indícios de que o desenvolvimento urbano aconteceu em função da rodovia e dos inúmeros e enormes caminhões que chegavam para abastecer o comércio.

Assim que cruzaram a cidade, quase no final, ele avistou uma espécie de cemitério de ônibus abandonados. Estavam parados em um alargamento do acostamento e, pela primeira vez desde que a viagem começou, Perseu sentiu vontade de fotografar. Como tinha passado pelos ônibus abandonados, diminuiu a velocidade, deu sinal que iria fazer o retorno e disse:

– Preciso fazer uma foto. – Retornou, estacionou e saiu animado do carro. Quando voltou, estava excitado: o destino o tinha presenteado com uma surpresa. Ele mostrou duas fotos, ambas com o mesmo enquadramento, uma janela quebrada da parte onde ficava o motorista do que fora um dia aquele veículo. Só essa imagem, com vidros quebrados e um reflexo no que aparece do vidro e parte do volante, já era uma boa fotografia, mas a que ele mostrou na sequência era o motivo da alegria que tomava conta de seu semblante naquele momento. Inesperadamente, enquanto fotografava, um pássaro amarelo saiu do interior do veículo abandonado e pousou, confortavelmente, sobre o pedaço de vidro quebrado e pontiagudo, em um dos terços do enquadramento já arquitetado pelo fotógrafo. O pássaro parecia exibir toda a sua beleza e o orgulho de ter se adaptado a um ambiente inóspito.

Como ainda havia sinal de celular na cidade, a fotografia foi postada na rede social com mais de 50 mil seguidores de Perseu e a viagem continuou.

A primeira parada para dormir aconteceu em uma cidade na divisa de Mato Grosso e Goiás. Lá, havia apenas três hotéis, todos bastante precários. Depois do banho, uma volta rápida pela cidade. A apatia de Perseu voltou a dominar o ambiente e ele escolheu uma lanchonete próxima ao hotel, onde havia um pôster do Renato Russo, seu ídolo de adolescência.

No início da viagem do segundo dia, na primeira parada em um barraco que vendia queijos e outras coisas para viajantes que passavam por ali, uma cena simples comoveu Perseu. Ele entrou e começou a observar o lugar. Uma prateleira feita de madeira – na verdade um encaixe de tábuas ajustadas em forma de prateleiras – exibia os produtos. Muitos deles, embalados em sacos plásticos, pareciam sujos e vencidos. Enquanto Perseu andava pelo lugar, percebeu que uma mulher, sentada atrás do que parecia ser o caixa, estava no celular em uma conversa animada. Ao lado dela, deitada no chão, uma menina que deveria ter uns três ou quatro anos, brincava com um carrinho. Ela vestia um pijama vermelho e estava sem camisa. Enquanto arrastava seu corpo pelo chão sujo de cimento batido, resmungava um barulho que parecia ser o do motor de um caminhão. Com a proximidade da rodovia federal, Perseu concluiu que a menina estava usando seu repertório para criar suas fantasias de criança e ficou um bom tempo olhando para a cena, que, por algum motivo, o deixou sensibilizado. A mãe, mergulhada no papo com a amiga, permaneceu no telefone o tempo todo, mesmo quando Perseu pagou o biscoito de polvilho que comprou.

A viagem seguiu em silêncio, embora a paisagem montanhosa fosse bastante agradável do lado de fora do carro. Perseu dormiu quase o tempo todo. A parada para o descanso foi em Cuiabá e, no terceiro dia, já depois das 22 horas, chegamos à cidade destino e nossa futura residência.

Perseu, que nos últimos anos tinha treinado para ver as coisas, parecia não querer abrir os olhos. Fizemos uma reserva, por uma semana, em um hotel, enquanto eu acertava os papéis para começar a trabalhar na semana seguinte.

No primeiro encontro na nova escola, ele foi comigo, mas

depois ficava o máximo possível dentro do quarto do hotel, escrevendo um projeto cultural para tentar pleitear uma bolsa e escrever um livro. As únicas vezes que o vi ter algum interesse pela cidade foram da janela do quarto, onde avistava uma olaria com seis chaminés que pareciam os minaretes de uma mesquita. A paisagem da janela era o reflexo do resto da cidade, toda a arquitetura e a dinâmica do município tinham sido construídas com base no comércio e indústria. Os prédios anunciavam em suas fachadas: era o caso do fazendeiro, das lojas de ferragens, das várias bicicletarias e das borracharias sujas, dos postos de gasolinas, onde caminhões imensos entravam e saíam o tempo todo. Mas era de frente para as chaminés daquela olaria, símbolo da industrialização e do objetivo de cada morador daquela cidade – ganhar o máximo de dinheiro possível – que Perseu perdia suas forças.

Se o Natal tinha sido especialmente difícil para ele, o feriado de Ano-Novo prometia mais uma série de dramas. Na volta do shopping, onde ele gostava de ir e tomar um expresso, Perseu pediu que eu parasse na farmácia. Só descobri depois que ali era possível conseguir qualquer medicamento sem prescrição médica.

Fiquei no carro e, quando ele voltou, senti que o humor estava diferente, parecia aliviado e aquela expressão de tristeza colada havia dias em seu rosto, parecia amenizada.

De volta a casa, ele disse que iria tomar um banho e tentar descansar. Seu cochilo durou muitas horas, mas uma tempestade lavava a cidade, ocasião perfeita para uma tarde de sono tranquila. Como ele não acordava, fui chamá-lo para jantar. Ele disse que estava gostando de dormir e que preferia ficar no quarto.

Na manhã seguinte, véspera de Ano-Novo, ele acordou, tomou um banho, comeu pouco no café da manhã e reclamou de dor de cabeça, preferindo voltar para o quarto. Fui até o supermercado, que estava muito cheio, e quando voltei vi a porta fechada.

Mais tarde, desconfiei de que essa reclusão estava excessiva. Acordei Perseu e o convidei para ir ao cinema. Passava uma comédia brasileira e ele aceitou. Apesar de andar sem dificuldades, ele parecia estar desorientado, segurava em barras e sempre que possível escorava-se em algum lugar. Preferi acreditar que era efeito de ter dormido demais e torci para que ele se recuperasse logo. Compramos pipoca e uma Coca-Cola grande. Ele viu o filme e riu de algumas piadas. No final do filme começou a chorar muito. Eu o abracei e não disse nada, não havia mais nada que eu pudesse fazer, pelo menos foi assim que pensei naquele momento. Só perguntei:

– Me diga, por favor, o que eu preciso fazer para você melhorar?

Ele respondeu com a voz bastante destoante, parecia uma pessoa drogada tentando completar uma frase.

– Nada, me deixe dormir. Só quero acordar quando toda essa coisa de virada do ano passar.

Voltamos, ele me deu um beijo e foi para o quarto.

Eu sabia que as festas de fim de ano trazem muitas recordações e atendi ao seu pedido. É verdade também que não aguentava mais ver meu marido se transformar em um quase maníaco-depressivo que não conseguia se curar da falta de amor dos pais. Caramba, quanta gente tem uma história pior que essa e consegue virar a página! Como ele carregava durante todos esses anos histórias de falta de amor da infância? Ele já tinha quase cinquenta anos e ainda não conseguia virar a página. Enquanto assistia à TV a cabo, ruminava essas perguntas em minha cabeça. Estava exausta e sem possibilidades de pelo menos tentar entendê-lo. Não tinha sido com esse homem que eu havia me casado e já tinha dúvidas se desejaria continuar a carregar algo tão pesado. "O pai dele poderia ter colocado o nome de Édipo ou Hamlet. Que inferno! Como fui me meter com um homem com tantos problemas assim com os pais?"

Tentei postergar ao máximo minha entrada no quarto. O ano já havia virado. Ouvi alguns fogos, muitos cachorros latindo, e tomei o cuidado de não ligar a TV em nenhum canal aberto. Ele tinha conseguido me contaminar, e o que eu mais queria era que o ano novo começasse logo. Fui para a cama de madrugada. Tentei não fazer barulho. Mas, depois de deitada, ouvi um som vindo do lado dele da cama, me aproximei e percebi que ele estava cantando. Era um som tão baixo que precisei me concentrar para ouvir. Ele esboçava um barulho entre espasmos na voz, diminuição na entonação e ruídos que não consegui distinguir, mas, apesar de todos os sinais estranhos, ele sorria e completava a frase: "para mim a chuva no telhado...".

Enquanto o ano de 2020 nascia, Perseu, deitado ao meu lado, cantava com uma voz que diminuía a cada palavra:

– ... É cantiga de ninar...

Achei engraçado e comecei a rir baixinho.

– ... mas o pobre meu irmão, para ele a chuva é fria...

Adormeci com uma sensação de alívio. As festas de fim de ano que sempre mudavam o humor dele tinham passado. Eu já estava no limite do esforço em tentar entender sua reclusão e sua falta de vontade de lutar contra a depressão. Na manhã seguinte, quando virei de posição na cama, senti que meu braço havia tocado em alguma coisa gelada. Acordei assustada e acendi a luz. Seu corpo jazia na mesma posição em que ele cantava a música na madrugada. De sua boca um líquido branco, espumento, deixara uma grande marca no colchão.

Elisa fez exatamente o que Perseu pedira. Não avisou a família, pois ele não queria nenhuma demonstração tardia de afeto. Também não queria ser enterrado ou passar por nenhuma cerimônia religiosa. O medo de cemitérios sempre acompanhou sua existência. Tinha pavor de passar a eternidade em uma cova e sempre contava a história da vez em que foi visitar o túmulo da avó: no meio de uma conversa com ela, ouviu duas mulheres se aproximando. Ele parou, então, de prestar atenção no monólogo que travava com a avó e passou a dar mais atenção à conversa que as duas mulheres, animadíssimas, em alto e bom tom aclamavam, passando em revista túmulo por túmulo:

– Ah, essa aqui é Fulana de Tal, namoradeira que só. Olha aí, de que adiantou...

– E esse? Vivia desfilando com o carro novo até bater de frente com um caminhão e tá aí agora!

– Pois é, e essas duas? – Nesse momento da história ele sempre procurava imitar a voz das fofoqueiras o mais caricato que conseguia. – Aqui na foto parece que se amavam, mas lembra como viviam em guerra?

– Pois é, menina. E essa aqui, que trocou o marido por um vagabundo e o danado acabou com a vida dela. Viu como Deus castiga?

Não! Seria demais passar a eternidade sendo julgado por aquelas pessoas. Pediu que fosse cremado e que ela fizesse o que bem entendesse com as cinzas, desde que não fossem parar nas mãos de alguém de sua família.

Durante um ano, Elisa guardou o pote de barro do que sobrou de Perseu. Na cerimônia de cremação, só estava ela e o corpo do marido indo em direção às chamas.

Quando conseguiu tirar férias, foi até Cabo Frio, onde eles tinham passado as últimas férias juntos, antes da demissão, antes da mudança, antes de ele começar a perder a batalha contra a Medusa, e jogou as cinzas no mar, seguidas de uma flor branca que foi logo acolhida pela correnteza e se perdeu no meio da noite escura do primeiro dia do ano de 2021.

Conto 4 – 2050

Dezembro de 2050

> "Logo não terei mais as desculpas dos outros: pai e mãe amorosos ou hostis, bondosos ou indiferentes, sofrendo de todas as naturais fraquezas da condição humana que só quando adulto reconhecemos. Por fim havemos de constatar: meu pai, minha mãe, eram apenas gente como eu. Fizeram o que sabiam e o que podiam fazer.
> E eu... e eu?
> Marcados pelo que nos transmitem os outros, seremos malabaristas em nosso próprio picadeiro. A rede estendida por baixo é tecida de dois fios enlaçados: um nasce dos que nos geraram e criaram; o outro vem de nós, da nossa crença ou nossa esperança."
>
> Lya Luft

Arthur tinha acabado de chegar do Brasil. Fazia alguns anos que não retornava ao país onde fora criado, mas teve que buscar algumas coisas que sua mãe, falecida recentemente, tinha deixado. Era o filho mais velho. Sua irmã também morava fora do Brasil, em Londres, e eles não se encontraram. Não havia sobrado praticamente nada dos bens herdáveis, mas havia itens que a mãe fazia questão de que ele guardasse.

Morava em Doha havia dez anos quando, no mês em que completaria quarenta anos, fora contratado como treinador de um time de futebol. Fora jogador profissional por alguns anos, sem no entanto fazer sucesso, mas conquistara prestígio entre os colegas atletas e, graças a uma indicação, conseguira o emprego no país árabe, que, desde o Mundial de 2022, havia ganhado destaque na cena esportiva mundial.

Não que o salário fosse o melhor, mas tudo o que ele queria era deixar de viver no Brasil. A viagem de retorno ao país tinha sido curta. Pegou o que a mãe havia deixado bem organizado para ele, assinou alguns papéis, conseguiu encontrar alguns primos que viviam uma vida de extrema pobreza e com os quais, com o passar dos anos, não fazia sentido uma aproximação – nem havia desejo da parte de Arthur de algo parecido. Muitos deles, criados em uma região agrícola onde os inseticidas tinham sido liberados havia décadas, tinham morrido de alguma doença relacionada a isso; outros estavam com doenças graves, não tinham condições de custear o tratamento e agonizavam, esperando a morte chegar.

Não que Arthur se importasse. A vida tinha sido dura com ele, e empatia pela dor do outro não fazia parte de sua condição humana. Ele também sofria de uma doença pulmonar que contraíra na infância, quando vivia em uma cidade pequena no interior do Paraná que era cercada por lavouras que se revezavam na plantação de soja e de milho, ou de outra espécie de grãos, que pudesse enriquecer ainda mais os poucos – sempre poucos – fazendeiros que detinham a maior parte de terra. Para que o lucro fosse o maior possível e com as leis de liberação de agrotóxicos cada vez mais afrouxadas no Brasil, a cidade exalava veneno.

Chegar a São Paulo nos primeiros dias do ano de 2050 foi como entrar em um filme de ficção científica. Antes de ir para o interior, onde faria o que precisava ser feito, decidiu passar alguns dias na cidade em que seu tio havia morado por duas décadas, no início do século XXI. Lembrava-se pouco do tio, mas sabia da importância que ele tinha tido em sua infância, pois morrera logo que Arthur entrara na faculdade. Uma das coisas que marcou o insensível rapaz foi, ainda na infância, um presente do tio, um livro enorme, de capa dura e difícil de ser manuseado por uma criança: *Moby Dick*, de Herman Melville. Arthur até tentou ler o livro, mas, principalmente depois que o tio morreu e virou um assunto proibido na família, sempre que ele pensava no tio queria saber o motivo daquele presente. Se a intenção do tio fosse fazer o sobrinho ter amor pela leitura, pelos clássicos e pelos estudos, ele falhou completamente. O que importava naquela época, no final da década de 2020, era vislumbrar a carreira de cantor sertanejo ou jogador de futebol. A mãe era deslumbrada pela aparência, e pelo status que o dinheiro podia trazer, e sempre incentivou Arthur a seguir um caminho que o tornasse rico, milionário, se possível. Primeiro ele tentou ser um youtuber famoso. Aos dezenove anos, começou a se expor nas redes e conseguiu alguns seguidores, principalmente durante os anos em que durou a pandemia da Covid-19 no Brasil. Depois estudou engenharia agrônoma, mas, antes de terminar, percebeu que não haveria futuro para a profissão. O ideal grandioso dos fazendeiros, com o aval nefasto dos governos, permitira o desmatamento da Floresta Amazônica, causando um desastre ambiental que colocou o Brasil como inimigo internacional, o fez receber sanções econômicas e ser alvo de quebras de contratos com os até então principais parceiros econômicos. O reflexo dessa história fora a transformação do Brasil, que passou de país emergente no início do século a um dos países mais pobres do mundo na metade do século XXI.

O país entrou em um estado de autodestruição em que o desespero por ganhar o máximo possível em curto espaço de tempo fez a serpente morder o próprio rabo e acabar com um país que tivera no passado uma possibilidade de futuro brilhante. Mas como entender os brasileiros?

Essa era uma pergunta que Arthur nunca tinha feito e em cuja resposta não tinha o menor interesse. O país era um projeto falido, e ele só queria ficar o mais distante possível dele. Quando encontrava algum brasileiro em Doha, fazia questão de se apresentar como se fosse de outra nacionalidade. Ele havia nascido nos Estados Unidos da América em 2000, quando seus pais eram imigrantes, mas, com menos de dois anos, fora morar no Brasil. No universo do futebol, era comum encontrar brasileiros, mas Arthur conseguia manter um distanciamento pessoal desses jogadores.

A São Paulo que Arthur encontrou era uma metrópole em ruínas: prédios abandonados, uma poluição que agravou em muito sua doença pulmonar e uma quantidade enorme de mortos-vivos andando pelas ruas.

Ele ficou hospedado na Avenida Paulista, pois, querendo ver o local onde o tio tinha morado, escolheu o hotel mais próximo desse endereço. Andando pelas ruas no entorno do hotel, encontrou algumas pessoas que tentavam levar uma vida normal. De alguma forma, conseguiam ter trabalho e andavam pelas ruas com seus "capacetes digitais", aparelhos eletrônicos que haviam substituído os telefones celulares e que fizeram o ser humano ficar cada vez mais mergulhado em si mesmo. O aparelho eletrônico circular se encaixava na cabeça do usuário e, por meio dele, era possível ter acesso a aplicativos de conversas e a todo o conteúdo de que a internet dispunha. Uma espécie de GPS indicava a localização da pessoa e o distanciamento entre ela e outras pessoas, bem como mostrava os obstáculos dos quais precisava desviar. Quando era preciso, bastava apertar um botão e uma pequena abertura na frente dos olhos se abria. Essa era a única conexão com o que se poderia chamar de mundo real, mas era também uma das menos usadas.

Não aguentando ficar em São Paulo, foi logo pegar suas coisas e tratar de voltar à cosmopolita Doha, que, apesar do calor de mais de cinquenta graus no verão, tinha construído um sistema artificial de regulagem de temperatura em praticamente todos os lugares. Era possível, por exemplo, ir de hotéis ou shoppings ao superútil sistema de metrô, que possibilitava o deslocamento para qualquer parte da cidade.

Sua mãe tinha deixado duas malas, com fotos antigas, bilhetes, todos os seus boletins escolares (com excelentes notas), seus primeiros brinquedos e uma caixa de sapatos que ele abriu rapidamente, encontrando uma fotografia antiga totalmente desbotada. Na verdade, só era possível ver um branco-amarelado, que tinha tomado conta da imagem, e três livros. Nada daquilo fez sentido, e ele fechou a caixa, colocou-a na mala e foi para casa.

Quando voltou ao Qatar, sua vida continuou praticamente a mesma. Tudo o que ele já sabia e sentia pelo país em que vivera seus primeiros anos de vida e que o recebera na vida adulta com muito desprezo e sem condições de lhe oferecer nada, confirmou-se. Como não era adepto de melancolia e saudosismo, seguiu sua vida sem muito desgaste emocional.

O ar no Brasil era tão difícil de respirar que ele resolveu nem ir ao cemitério colocar uma flor no túmulo da mãe.

Quando estava chegando o final do ano de 2050, época em que faria trinta e um anos que o tio tinha cometido suicídio, um jogador de que ele gostava bastante morreu repentinamente. A família tentou esconder a causa, mas ele sabia da forte depressão que o jogador enfrentava. Embora a medicina houvesse se desenvolvido e a indústria farmacêutica tivesse investido em fortes medicamentos para curar esse mal, muita gente ainda morria em consequência da doença, a grande maioria tirando a própria vida. Um dos tratamento mais polêmicos era a introdução de eletrodos no cérebro do paciente para que, por meio do estímulo de pequenos choques, ele pudesse reagir, mudar seu estado de espírito e parar de sentir aquela terrível angústia.

Seu amigo, no entanto, recusou-se a fazer qualquer tratamento e, antes que terminasse o campeonato de 2050, tomou um veneno forte, seguido de uma dose de calmante, e morreu, exatamente como seu tio Zeus havia morrido trinta e um anos antes.

O episódio das malas guardadas pela mãe, que tinham praticamente tudo o que sobrara do tio, assim como a morte do amigo nas mesmas condições, ajudou o apático treinador a dedicar algumas horas a essa história.

Como não sabia quase nada sobre o que levara o tio, professor universitário desempregado, a tirar a própria vida, resolveu abrir as malas novamente. Depois do falecimento de Zeus, sua existência na família fora banida por completo, uma prática que o mecanismo familiar usava havia anos, que consistia em não tocar no assunto e não guardar nenhum objeto que lembrasse aquela pessoa; no caso do tio suicida, nem túmulo havia para se visitar, uma vez que ele exigira que a esposa cremasse o corpo e não entregasse as cinzas para a família.

Contudo, sua mãe, talvez a irmã mais próxima do tio, guardara aqueles objetos que agora estavam no porão da casa em que Arthur morava em Doha.

Arthur sempre fora uma pessoa apática. Vivia, pois não

tinha coragem de fazer outra coisa. Quando lhe mandavam fazer determinada tarefa, acatava. Parecia não ter sentimentos, vontade própria, esperança e nada que a geração de seus pais tivera. Talvez essa alma fora do corpo, ou esse corpo fora da alma, tenha começado a tomar conta quando ele, nos anos da pandemia de 2020 e 2021, ficou viciado em jogos. Como seus pais trabalhavam muito para conseguir dinheiro para pagar as contas e ficar ricos, ele ficava em casa jogando, pela internet, os jogos mais violentos a que tinha acesso. Armas, mortes, violência e uma série de coisas parecidas colocavam o jogador em uma guerra, disputada com outros jogadores online. Ainda na década de 2020, um aparelho de realidade virtual – que viria a se desenvolver nos capacetes digitais – provocava uma sensação de realidade, causando uma espécie de autismo nas gerações pós 2020.

A falta do que fazer em uma semana sem trabalho foi o que motivou Arthur a abrir as malas e ver o que tinha herdado dessa família bizarra, que tinha sido destruída pela ignorância e falta de percepção de que um pouco de estudo, leitura, amor pelas artes, faz bem para a alma e não destrói um país de dimensão continental como o Brasil.

Não que ele estivesse estimulado com o conteúdo da mala. Mas a morte do jogador proporcionou uma semana de folga no trabalho, e ele, mais entediado do que o normal, resolveu abrir a caixa de Pandora.

Foi direto na caixa de sapatos. Pegou a foto apagada, tentou identificar algo que pudesse remeter à imagem de algum conhecido, mas não viu nada. Depois pegou os três livros: *Um diário do ano da peste*, de Daniel Defoe; *Nêmesis*, de Philip Roth e *A peste*, de Albert Camus.

Arthur desconhecia por completo os livros e seus respectivos autores. A sensação de pegar um objeto com cheiro de mofo causou-lhe enjoo, mas também provocou sua curiosidade e, talvez, um pequeno entusiasmo.

Leu as sinopses dos três livros e identificou que eles tinham em comum temas sobre crises sanitária, em diferentes épocas da história da humanidade. Embora alguns deles fossem ficção, as epidemias haviam acontecido e matado muita gente.

Uma repentina reação fez Arthur se perguntar duas coisas: por que a mãe tinha guardado aquilo, já que era uma pessoa que nunca devia ter lido um livro inteiro em toda a vida? Por que o tio tinha guardado os três livros dentro de uma caixa de sapatos?

Para a primeira pergunta, nunca conheceria a resposta. Já a segunda gerou uma curiosidade de fazer algo que nunca tinha experimentado na vida: pesquisar!

Doha tinha vários prédios construídos pelos principais escritórios de arquitetura do planeta. Em um deles, porém, Arthur nunca tinha entrado: a Biblioteca Nacional do Qatar. Como a construção ficava próxima a um dos estádios de futebol do país, ele frequentemente passava por ela, no banco de trás do motorista que o levava para casa, mas ou ele estava ocupado com algum jogo ou assistindo a vídeos. Em uma das vezes, o motorista que o guiava, um indiano que vivia havia décadas no país, numa tentativa de conversar, perguntou se ele já tinha entrado na biblioteca. Arthur tirou o aparelho do rosto, olhou para o lado e viu o prédio, no formato de uma espécie de losango iluminado na parte central. Parte da estrutura parecia suspensa. Ele achou interessante, mas respondeu com um "não", de sua forma habitual, e continuou mergulhado em seu universo paralelo.

Com os três livros nas mãos, Arthur achou que talvez seria uma oportunidade ir até a biblioteca e tentar descobrir mais sobre aquela história.

Quando chegou, encontrou um enorme pátio, onde a frente do prédio suspensa por colunas gigantes permitia o livre trânsito por baixo da grande construção. Encontrou alguns jovens saindo da biblioteca com mochilas e livros nas mãos. Quando entrou, após passar por um sistema de segurança comum em qualquer prédio público do país, precisou preencher uma ficha com os dados dos livros que não pertenciam à biblioteca. O prédio estava calmo, e um silêncio que poucas vezes experimentou na vida chamou sua atenção. Algumas pessoas circulavam, mas a maioria estava sentada, mergulhada em suas leituras. Foi até o balcão central registrar sua presença e cruzou com uma moça que sorriu para ele e o cumprimentou. Avesso a contatos visuais, ele respondeu baixo e seguiu rápido, com medo de que aquelas pessoas estranhas, quase nenhuma usando aparelhos eletrônicos, tentassem uma aproximação maior.

Depois do protocolo de registro, a senhora, também sorridente, disse que ele poderia escolher uma mesa. Nela, havia uma tela, que era o próprio tampor da mesa, por meio da qual teria acesso a todo o acervo da biblioteca. Bastava escolher os livros e em poucos minutos eles estariam com ele. Ela acrescentou, apontando para as estantes onde estavam os livros, que, caso desejasse ter a experiência de andar entre as prateleiras e escolher ele mesmo o livro, se sentisse à vontade.

Quando Arthur olhou para trás, fez automaticamente uma conexão entre a construção da biblioteca e um estádio de futebol: no centro uma grande área de circulação, quase sem nenhum obstáculo, que remetia ao gramado dos campos, e, no entorno, o prédio lembrava as arquibancadas dos estádios, mas, ao contrário de bancos para os torcedores, tinha prateleiras cheias de objetos de diferentes tamanhos e espessuras, os livros.

Ele andou um pouco por aquele ambiente estranho e inusitadamente familiar, pegou alguns livros, mas os três livros que estavam com ele atrapalhavam a logística e o fizeram perder a paciência. Antes que desistisse de tentar entender o mistério dos livros deixados pelo tio, procurou a mesa mais isolada possível e se acomodou.

A mesa digital o ajudou a encontrar mais informações sobre as obras, inclusive achou um livro sobre ensaios de literatura, escrito por um sul-africano cujo nome não conseguiu pronunciar – nem teve interesse em tentar, pois começava com duas letras maiúsculas, provavelmente as iniciais dos primeiros nomes do escritor, seguidas do sobrenome de difícil pronúncia.

Quando abriu o livro *Nêmesis*, encontrou a fotografia de uma paisagem, com um morro ao fundo, uma sombra enorme da entrada, no primeiro plano, seguida pelo próprio portão fechado, que impedia a entrada na propriedade. Gostou do que viu e alguma parte de sua memória foi ativada, trazendo-lhe uma sensação boa. Olhou no verso à procura de alguma identificação e viu o nome do tio e a data: julho de 2019.

Ficou intrigado: quem, mesmo naquela época, imprimia fotografias? Isso era uma prática do século XX. Mas continuou sua tentativa de entender por que recebera a missão de ficar com aqueles livros.

Todos eles tinham pequenas dobras na parte superior da folha, do lado direito, e marcações feitas com canetas de marca-textos amarelas ou verdes, ou feitas com unha, que às vezes pegava um parágrafo inteiro. Uma delas chamou sua atenção. Estava na página 60 do livro de Philip Roth e falava sobre uma prática que ele conhecia bem:

> Até mesmo quando ouviu da avó a história dos peixes – estando então ele próprio no jardim da infância –, o garoto foi advertido a mantê-la em segredo a fim de não aborrecer o avô, que,

nos primeiros anos que se seguiam à morte da filha adorada, só foi capaz de afastar a angústia da perda jamais falando nela.

Arthur ficou irritado, pois estava indo ao encontro de todas as coisas de que fugira a vida toda. Detestava adjetivos. Só os usava quando precisava incentivar seus jogadores a ter mais desenvoltura em campo. Quando leu "filha adorada", lembrou-se de muitas coisas que ouvira sobre o tio, que era um sonhador, alguém que vivia fora da realidade, que tinha costumes estranhos, ficava trancado dentro do quarto lendo e, quando viajava com a família, ficava sozinho, olhando pela janela do carro, parecendo um bobo que não sabia o que estava fazendo da vida, cujo final trágico tinha sido uma comprovação de que ele era um idiota sonhador.

Algumas vezes Arthur tentou falar com a avó sobre o tio, mas ela ficava muito brava e dizia: "Já lhe falei e volto a repetir: não falo sobre isso!". Mais de uma década depois da morte do filho, ela fora diagnosticada com Alzheimer e, por ironia do destino, todas as vezes em que viu Arthur, quando a mãe o obrigava a visitar a avó no asilo, ela olhava para ele e dizia: "Oi, meu Zeus. Você veio ver a mamãe?".

***

A experiência na biblioteca tinha sido intensa e levara Arthur a um lugar dentro de si mesmo que ele jamais tinha visitado e que não tinha a menor vontade de explorar. A vontade de saber o que a mãe pretendia deixando-lhe aquela caixa ainda o intrigava.

Todos os livros falavam de pestes. Ele sabia que o tio tinha sido demitido da faculdade onde trabalhara como professor em 2019, ano em que fora obrigado a mudar com a esposa de São

Paulo, cidade que ele amava, para o norte, uma região que detestava. Sabia que o tio sofria de depressão, tinha tentado se matar duas vezes e que ninguém mais na família se importava com ele. Sabia que tinha acontecido uma pandemia que durou mais de dois anos no Brasil – em outros lugares do mundo, com administradores competentes, ela fora resolvida logo que as vacinas surgiram, no início de 2021.

Dentro da mala, pregado à caixa, havia um bilhete da mãe:

"Arthur, sei que você não gosta de demonstrar emoções. Algo aconteceu com você e, com certeza, foi culpa minha e de seu pai (mais de seu pai, é claro, rs), mas preciso que você fique com essa caixa. Ela foi entregue pela tia Elisa, quando a filha da puta teve coragem de visitar a gente, depois da cachorrada que fez, não deixando a mãe dar um enterro digno para o filho. Mas não quero falar disso, também estou morrendo, e você nem ao menos veio se despedir de mim, mas você sempre saberá o tanto que te amo.

Ok, vou parar. Sei que você já está tendo seus chiliques e que é bem possível que rasgue esse bilhete antes mesmo de terminar de ler, mas, por favor, não faça isso. Preciso que você fique com essa caixa: foi a única coisa que restou do tio Zeus. Ele sempre te amou muito, você poderá ver pelas fotos que ele te deu. Você foi muito feliz com ele nos seus primeiros anos de vida. Ele sempre foi um tio amoroso e presente.

Eu não sei o que significa essa caixa. Não sei por que ele colocou dento dela esses três livros que só falam de desgraça. Sei menos ainda o porquê das fotos misteriosas. Confesso que, em minhas piores crises de arrependimento por não ter tentado ajudá-lo, tentei entender, mas não tive sucesso. Agora elas são suas. A mãe não conseguiu deixar muita coisa... Na verdade, não conseguiu deixar nada, mas, enquanto pude, tentei. Cuide delas, por favor."

Ele voltou a examinar a caixa, teve outra crise de asma, voltou a pegar o livro... Uma coisa não fazia sentido: o tio tirou a própria vida no último dia de 2019. A caixa estava com ele desde a mudança de São Paulo, que aconteceu alguns meses antes, ainda em 2019. A pandemia da covid-19, que justificaria o interesse do tio em livros sobre pestes que atingem a humanidade, só chegou ao Brasil em março de 2020, três meses após sua morte.

Cansado daquele jogo mórbido que era a herança que recebera da mãe e com a dificuldade de respirar que não melhorava, ele precisou ser internado naquela mesma noite. Passou três dias ligado a um pulmão artificial, que o mantinha respirando até que seu próprio pulmão voltasse a assumir o controle.

Passada essa semana de folga devido à morte do jogador, seu amigo, ele voltou à rotina normal. Antes disso, pediu à empregada, uma filipina que cuidava da arrumação da casa – Arthur nunca na vida deve ter arrumado uma cama – que colocasse a caixa de papelão dentro da mala e a devolvesse para o porão.

Depois disso, nunca mais pensou nessa história.

*

Agora elas são suas
elas são suas
são suas
suas
…